目次

I　どん底での食欲

II　世界酒のみ修行

III　小説家のメニュー

食の王様

I　どん底での食欲

どん底での食欲

一筆。

前口上として。

海外へでかけるときには行先地がどこであってもたいてい私は南回りの線を選び、香港で途中下車することにしている。アチラから帰ってくるときにもそうすることにしている。香港で三日か四日ぶらぶらして澡堂（銭湯）に入ってみたり、季節の異味、珍味、魔味を探求したり、知人とお茶をすすって雑談にふけったりするのが愉《たの》しいのである。澡堂ではあんまが絶妙で、菜館では上海の秋の蟹《かに》が絶妙で、知人の話では慣用句や諺《ことわざ》が絶妙である。いつ頃からか知りあいになって香港へいくたびに点心を食べてお茶をすすりつついろいろのことを教えてくれる人の名を、いまかりに伊さんとしておくが、この人は日本語と英語とドイツ語がペラ（ペラ）である。ささやかな輸出入業を営んでいるが、文学好きの大層な読書人で、その興味の触手は古今東西にのび、ことに日本文学については、こちらがたじたじとなるくらい詳しい。いちいちたちどまって感心したあげくに劣等感をおぼえて澱《よど》むというすきまがないくらいである。

伊さんの話は文学談のほかに茶、酒、料理、女、阿片、政治、森羅と万象にわたって尽きることがないのであるが、ときどき〝大陸情報〟も洩らしてくれる。あとになってから考えると誤っていることもあり、正確そのものだったりのこともありだが、総計してみると正確のほうがたいてい半ば以上であるように思う。どこから仕込んできた情報なのか、いちいち私は問いただすことをせず、ただ鉄観音茶や茉莉花茶をすすりながら、黙って聞くことにしている。文化大革命の年にたまたま私は香港に四日ほど沈没したが、伊さんはいろいろと教えてくれた。昨日は誰がひきずりまわされた、今日は誰が三角帽をかぶらされたと、連日、香港の新聞は紅衛兵という子供の洪水のなかでのたうちまわっていたのだが、伊さんの数かずの話のなかで、作家の老舎が自殺したらしいという挿話《そうわ》を聞いたときに私の耳がたった。老舎は自宅におしかけた子供に、全身に蜂がたかるようにたかられ、自己批判を強制されたが頑として拒み、窓からとびおりて自殺したと伝えられる。子供たちに殴り殺されたとも伝えられる。北京のはずれを流れる川にとびこんで自殺したとも伝えられるというのだった。そういう挿話をたくさんの有名人について聞かされたのだが、なぜかしら、老舎の件だけがえぐりたてるような鋭さで迫ってきた。かつて文学代表団員の一人として北京へいったときに、某日、老舎の家に招待されたが、眼光炯々《けいけい》とした老人で、鉢にたくさんの菊を育て、寡黙に菊作りの苦心談をしてくれたと思う。そのときの彼の鋭い眼が菜館の二階で白酒のとろりとした酔いに体をゆだねていた私に、突然、見えたのである。

老舎の死の詳細はわからない。しかし、老舎は自分をひた隠しに隠して作品を書いた。ことに近年の作品を読むとそのことを感じさせられる。ただしそれは中国人でなければ嗅《か》ぎつけようのないようなやりかたであった。たとえあなたが読んでも、失礼ながら、日本人にはとてもわからないだろうと思う。階段に足音は聞えるけれど姿は見えないという表現が中国語にあるが、そんなものだ。その足音を老舎は聞きつけられてしまったのだ。その足音めがけて幼稚園革命がなだれこんだのだ。おおむね、伊さんは、そう説明してくれた。そして、こういうエピソードを話してくれた。

五〇年代のある年に老舎は友好代表団の団長として一行をつれて日本へいき、帰途に香港に立寄ったことがある。自分はちょっとコネがあったのでホテルに老舎を訪ね、いろいろと雑談をしたついでに、革命後の中国での知識人の暮しはどんなものでしょうかと質問したが、老舎は一言も答えなかった。手を変え、品を変えしてつっこんでみたが、どうたずねても老舎はだまりこくったきりであった。ところが、いよいよ明日は出発という日になって何を思ったのか老舎は、突然、料理の話をはじめた。重慶か、成都か。どこかそのあたりの古い町に、何でも、部屋一つぐらいもある巨大な鉄の釜をすえつけた家があり、この百年か二百年、一日として火を絶やしたことがない。野菜だの、肉だの、豚の足だのを手あたり次第にほりこんで、グラグラと煮る。百年、二百年そうやって煮つづけてきたのだ。客はそのまわりに群がって、茶碗にすくって食べ、料金は茶碗の数で頂く。その釜はどんな色をしているか。汁はどうなっているか。何をほりこむか。いつ、ほりこむか。野菜は。肉は。どんな客が、どんなぐあいにたったり、すわったりするか。何杯ぐらい食べるか。何の話をしながら食べるか。そういうことを老舎は微に入り細にわたり、およそ三時間近く、ただその話だけをした。その話しぶりにはみごとな生彩があった。自分はうれしかった。あの『駱駝祥子』の描写力がまだまだ生きているのだとわかってうれしかった。その日、老舎は、その料理の話だけを徹底的に語り、翌日、再見《ツアイチエン》といって北京へ帰っていった。

「……その釜のまわりにいるのはチャンサンリースー、日本語では張三李四といいます。そういう人たちだそうです。どこにでもそこらにいる人たちだ。こういう人のことを日本語では何といいますかね？」

「八つぁん熊さんです」

「虫の蜂ですか？」

「いや。数字の八です」

「なるほど。八つぁんね」

伊さんは二、三度、口のなかで八っあん、八っあんと呟《つぶや》いた。それだけでその単語はこの人の脳皮質にナイフできざむよりも鋭く深くきざみこまれてしまうのだろう。

この挿話を私はいつまでも忘れることができず、渡辺一夫先生と対談したときに御紹介した。先生はヨーロッパの乱世の知識人たちの思想と生涯の研究家だから特に感じやすく反応なさるだろうと思ったからだったが、果して右の眼は微笑しつつも、左の眼はそうではなかった。この挿話はしばしば私に魯迅を思いださせることがある。かつて魯迅は広東で『魏晋の気風および文章と薬および酒の関係』という長い題の講演をやり、いまそれを岩波版の選集でしらべてみると、一九二七年の七月のこと、二日間にわたってのことだったとわかる。これは題から想像のつく話で、料理ではなくて酒が登場してくるのだが、地獄鍋だろうと酒だろうと、食談であることに変りはあるまい。食談で魯迅は古代を語りつつ自分の生きている時代を痛罵したのだった。辛辣《しんらつ》を博識の糖衣でまぶして提出したのである。

彼は大へん長い面白い話をゆうゆうとまくし立てた、話したのは紀元三世紀の文学情況であった。その講演で、彼は当時のある学者たちが政治上のごたごたを避けるために『一度酔えば二個月に亘ら』ざるを得なかったことを説明した。聴衆は面白がって、彼の創見と全篇にわたる精彩ある解釈を讃嘆した、そして、もちろんその要点を見出しはしなかった。

（増田　渉訳）

林語堂はそういったそうである。ではその要点は何であったかということを、林語堂自身も書いていない。書けば投獄されるか斬首されるかである。それがありありと書けるくらいなら魯迅もこんな講演をする必要はなかったわけである。

紀元三世紀の学者も、一九二七年の魯迅も、一九五〇年代の老舎も、史前期も、史後期も、革命以前も、革命以後も、酒や料理や食談は強権に抵抗する人びとにとって、どうやら、最後の、たまゆらの拠点となったようである。それはクラゲのように漂ってでも生きぬいていかなければならない人が万策尽きたあげくの韜晦《とうかい》だが、興味をそそられるのはそういう極限の地点で自身を無化したはずなのにそれがかえって強化に転ずるという事実である。増田渉氏はこの魯迅のたぶらかし講演を〝彼の全著作の中でもこれは圧巻の作品といえよう〟と書いている。『駱駝祥子』と『四世同堂』以後の老舎の作品を私は久しく何ひとつとして読んでいなかったけれど、香港の薄汚れた菜館の二階で、何かしらみごとに痛烈な短篇を読まされたような気がしたものだった。もし魯迅が革命後まで生きのびていたら、ひょっとして、まったくおなじことをしていたかもしれないと、夜ふけに思うことが、しばしばである。ことに昨今、天安門上で、つまり城頭で大王の旗がめまぐるしく変幻するありさまを遠望していると、いよいよしばしばである。

さて。

今月号から私は食談を連載することになり、いささかマクラとしては長くなりすぎたことを、以上、書きつけた。何故こんな長い前口上を書いたかというと、連載がいつまで続くものか見当がつかないし、毎月出たとこ勝負で書いていくしかないのだしするから、少々くどくどした前口上でも完成した日に全体のなかでふりかえってみればほんのオツマミとしか見えないだろうと思うからである。それともう一つ、わが国の知的フィールドでは、昨今ようやくいささか変化が起ってきたようだが、食談というものを軽蔑する伝統があって、事実、食談が大流行の昨日今日でも読むに耐えるものはじつに少いという事実からすれば軽蔑されてもいたしかたあるまいと思わせられるのだが、私としてはいささか抵抗したいと思うことがある。文壇用語の一つに、《食物と女が書けたら一人前だ》という言葉があって、誰がいいだしたことかわからないけれど、じつに名言だと思わせられるのである。まったくこの二つくらい書くのにむつかしいものはない。そのむつかしさに苦しめられたあげくの戒語がこうなったのだろうと思いたいところである。しかし、これだけの洞察力がありありと存在しているのに、わが国の文学には食談、食欲描写、料理の話というものが、めったに登場してこないのは、奇妙だけれど事実である。もしブンガクを〃文学〃と書かないで〃文楽〃としていたなら、はるかにおびただしいものがやすやすと包含され、吸収され、表現され、無数の変奏をつくることができていたかもしれないと思うことがよくある。小説はあくまでも小説なのに、身分もわきまえず〃士大夫〃の道の感覚で書かれたり、批評されたりしたものだから、それによって得られたものはたしかにあったけれど、失われたもののほうがはるかに夥《おびただ》しいのではあるまいかとも思うのである。わが国の文学界では食談は一貫して私生児扱いをうけてきたわけだが、今後その偽善癖を、この誌面を借りて、いささか是正したいという微意が私にある。

性欲、権力欲、食欲と、こう三つ、ヒトを、ことにオトコをルーレットの玉のようにころころと東奔西走させるものを並べてみる。根なるものは他にもおびただしくあるけれど、この三つの力の絶大さをちらと考えてみれば、まずまず、根なるものと呼んでよろしいかと思われる。この三つは厄介なことにどれもが他を独立的に排除して純粋に表現され、発揮されるということがない。三つが三つともたがいにからみあい、かさなりあい、ときには反撥しあうこともあって発揮される。食欲をウマイ、マズイの味覚からだけで観察するのはひどい過ちである。そこを、まず、警戒しておきたいのである。そのためにマクラとして魯迅や老舎の挿話を紹介しておいたのである。もし食欲なり飲欲なりがウマイ、マズイだけであるなら、食談が味覚だけであるなら、この人たちはそれぞれの時代にとっくに最後の拠点を奪われて解体してしまっていたことだろう。無化だけがあって、それをテコにした強化は起り得なかったことだろうと思いたい。性の渇望や力への渇望がいかなる瞬間にもそれだけで発動されることがないのとおなじである。しばしばそれらは最終の結果から見ると原初の動機が完全に見失われるくらい変貌したものとなって達しられたり、果てたりするものである。性も、力も、食も、すべてがおたがいに菌糸のようにからみあい、あたえあい、奪いあいして発現される。それらは無数の変奏を生みださずにはいられないけれど、とことん追いつめたところでは、おそらく、薄明のなかの不定形としかいいようのない影の部分に根をおろしたものであろう。貪婪《どんらん》、執拗とめどがなく、しかも、いつもニコニコと微笑して登場する川又編集長は地下の無意識から力を得たと解説されている古代説話の怪物にも似た不屈の図々しさでわが家にあらわれ、私をそそのかして酒の力で無理矢理におしゃべりさせたあげく、よっしゃ、買うた、ソコです、いきましょうとおっしゃる。私はおびえて、《人間文字ヲ識《シ》ルガ憂患ノ始メナリ》といった蘇東坡（だったネ）をもじって、魯迅は、《人間文字ヲ識ルガ糊塗《ウヤムヤ》ノ始メナリ》というエッセイを書いたんじゃなかったかと、うろんな記憶をまさぐりつつ力弱く呟くが、とんと耳に入ったらしい気配がない。そこで、某日、とくにいい酒を飲んだわけではなかったけれど、とうとう面倒くさくなってか、よっしゃ、やったるデ、やりましょうと、口走ってしまう。蔣介石治下の物凄い反共テロのさなかでの魯迅の講演、何ひとつとしてさだかにはわからないけれど結果から見るとどうやらそれに匹敵するくらいだったらしい毛沢東治下の老舎の活字にならない食談、つねに最悪の事態を覚悟しておけという福沢諭吉の戒語、明日、東海地方に大地震が起っても不思議ではないという若い学者の論説、そこへ人口爆発、食糧危機、工業汚染、自然減退、異常気象とたてつづけに聞かされる常日頃からの朦朧《もうろう》とした恐怖の群れ。それらを総和した感覚から、題を『最後の晩餐』とつけてしまう。食談を軽蔑する知的偽善者に一矢報いるために碩学《せきがく》サミュエル・ジョンソン博士の『腹のことを考えない人は頭のことも考えない』という絶好の一行を毎号、タイトルのよこに掲げる。そして、やおら、ウヤムヤを説きおこしにかかるのである。

喝。

＊　＊　＊

ではゆっくりと参るとして、千変万化が前方にひかえているのだから、どん底から出発することとしたい。食欲のどん底となれば、これはもう誰もが指摘するように、メデューサ号の筏《いかだ》やアンデス山中の事件、つまり極限状態における人肉嗜食《ししょく》である。これには史上いくつもの例があり、文献もあり、文学作品にも書きのこされているのだが、思うところあって最終回にまわそうと考えている。そのとき、忘れずに、昔の中国の喫人の風習を考えてみたいと思っている。戦乱や飢饉《ききん》や漂流などという極限状況のため、もしくは憎悪、復仇《ふっきゅう》、孝行、迷信などから中国人はよく喫人したけれど、それはなにも中国人だけでなく、他のあらゆる民族と個人がやったことである。しかし、中国人が比類なくユニークなのは趣味や嗜好として人肉を食べたことで、とくに唐代にはしきりにおこなわれたらしく、〝両脚羊〟——二本足の羊——と呼んで人肉を鉤《かぎ》に吊して市場で売っていたなどという記録をのこしているのである。『東洋文明史論叢』のなかで桑原博士はこの風習の解明、考究なしに中国史の研究はあり得ないとまで断言している。私はとても長大、蒼暗な中国史を解明しようなど、思うことも、想像することもできないが、おずおず触れてみたいとは思っているのである。ゴヤの『巨人わが子を啖《くら》う』という暗澹、悽惨の作品にも触れてみたいと思っている。こういう物凄い予約をあらかじめしておくと途中で脱落したくなってもちょっとひっかかってできなくなるかもしれないから、これは自戒のための公約みたいなものである。

　だから初回は、どん底はどん底でも、人肉嗜食まではいかないあたりに焦点をあててみたい。そうなると兵隊か囚人かであるが、さしあたって兵隊から眺めていくこととしたい。前口上でわが国の文学作品は食談をさげすむ習慣のために栄養失調に陥ちこんだのではあるまいかと指摘しておいたけれど、ここに一つ例外がある。安岡章太郎大兄の『遁走』なる一篇である。これは全篇ことごとくといってよいくらい食談と糞尿談である。軍隊なり、戦場なり、兵隊なりをテーマとした作品は、古今東西、女と食と糞をのぞいては成立し得ないという宿命を負わされていて、それはまったくどうしようもなくそうなるのだから、どの国の作家も痛恨、哀切、ひたむきにこの道にいそしんできたし、今後もいそしみつづけることになるだろうと思われる。敗戦後この三〇年間に夥しい戦争作品が書かれてきて、どの作品にも多少と濃淡の差はあってもきっとこの三位一体が描かれてきたのだが、安岡大兄の場合は、オンナぬきで、ただもう食と糞に凝りかたまってしまったという一点で群を抜いているのである。

　この作品はおそらくほとんど安岡大兄の私記と考えてよいかと思われる。話の外枠としての、また、背骨としてのストーリーらしいストーリーは一見したところ何もないみたいだが、よく注意して眺めると、主人公の情念の流転そのものが自然の序・破・急の秩序のうちに描かれていて、雑感の羅列ではないことがわかる。戦争の目的、道義、士気など、つまり作者のいう〝ヤル気〟をとことん欠いた二四歳の大学生が、ある晴れた日に赤紙をもらって召集され、船に乗せられて満州（東北中国）へはこばれ、草と風があるきりの尨《ぼう》大《だい》な平面の一点である兵営に閉じこめられて、〝敵〟とも出会わず、銃弾にも襲われず、毎日毎日、何かするとぶざまだといって殴られ、かといって何もしないとまた殴られ、殴られるたびに、ありがたくありますと答えて暮す。何しろ〝ヤル気〟がまったくないのだから、殴られても倦怠《けんたい》をおぼえ、殴られなくても倦怠をおぼえ、とどのつまり、食欲に翻弄されてのたうちまわるだけの暮しとなる。徹底的な無化だが、ここでも魯迅や老舎に見たような、それ故の氾濫《はんらん》が発生するのである。いっさいを収奪されつくした一点から生の諸相がおもむろに奇怪、滑稽にはびこりはじめるのである。外界からいっさい切断されてしまった漂流船のような真空地帯のなかで殴るやつも殴られるやつもみじめそのものの狂気のなかでただ虫のように反応することだけで暮していくのだが、読者には氾濫がまざまざと目撃できるから、けっして漂流船内の出来事とは映らないのである。むしろ兵隊のひとりひとりがオンブオバケのように背に負わされてきた故郷や前半生が断片なのに濃厚な匂いとなってはびこりはじめる。

瓶のなかに閉じこめられて、殴られたり、罵《ののし》られたり、尻を蹴られたりして暮していくうちに起居の動作のたびに倦怠しかおぼえられなくなるが、自分のなかで自由なのは内臓だけだと意識するようになり、したがってそこから噴出してくるものはまさぐりようのないものばかりである。空腹にたまりかねてとうとう残飯樽まで肘《ひじ》でこっそり這《は》っていって残飯を食べちゃったと、はずかしそうに告白する仲間に、主人公は好意と尊敬をさえおぼえるようになる。

青木にとっては軍隊は自分のヒロイズムを見出す場所なのだ、と加介は思った。青木にとっては人並み以上に腹がへるということは、自分の胃袋が人並み以上に頑健である証拠なのだし、古兵の眼をかすめて残飯をひろいに行くことは愉快な冒険である。そして汚いものを腹いっぱい詰めこむことは勇ましさのあらわれなのだ。

こっそり残飯をあさりにでかけることが〝ヒロイズム〟という単語で説明されなければならないのだから、これはつらい。

これまでなら満腹するということに、ある充実感をおぼえて、それが心を明るくした。しかし、いまでは逆に食べれば食べるほど食欲がつのってくるのだ。どうして、おれはこんなことになってしまったのか？　ときどき加介は、酒の害について嘆息しながら酒をのんでいる酔漢のように、食べながら考えこんだ。まったくそれは、体力の消耗に応ずるエネルギーの補給というものではない。はじめのころ、それは他人と一つの釜の食物を分けあうところからくる闘争心であったようだ。また、汽車の中での退屈しのぎのこともあった。しかし、そういったことでは、もはや現在の異常にたかぶった食欲を説明することはできない。現在では、むしろ古代ローマの吐いてはまた食うという美食家のそれに匹敵するほどになっている。

ある日曜日、加介は朝食のあとで、公用で出て行く上等兵からあたえられた食パン一斤を食べ、十一時にはさらに二斤のパンを、そして正午には炊事場の使役につかわれた代償にスイトンとウドンをそれぞれ飯盒《はんごう》に二杯、午後四時には外出した古兵のぶんを合わせて二人前の夕食を食べている。さすがに、その日は胸苦しく、卵黄くさい曖《おくび》を立てつづけに発して悩んだが、こうなっては胸苦しいまでに食うこと、胃の皮が張りつめて痛むのを押して食うこと、それ自体に快感を味わっているとしか思えない。

そういう無茶食いをすることで軍隊や、鬼伍長や、戦争にたいして自分は復讐をしているのだと加介は考えることもある。そう考えると滑稽さにいてもたってもいられなくなると感想を洩らし、ついでに下痢になってしまうのだが、これはさほど滑稽とも異常とも私には感じられない。こうなればこうなるだろうと、当然のことと感じられるのである。帝国陸軍の一人の二等兵が自分のまさぐりようのない無茶食いをローマ貴族のそれに比較しているあたりには笑わせられるけれど、食が食を呼び、欲が欲を呼んで〝玩物喪志〟に陥ちこんでしまうことは情念の朦朧とした広大な野でしじゅう起ることである。性欲でも権力欲でも人はまったくおなじ放恣《ほうし》に陥ちこんでひたむきになってしまう。目的を忘れて手段のための手段に陥ちこみ、過程の追及だけに全身を没してしまうことが、しばしばである。ギャンブラーもテロリストもおなじ罠《わな》に陥ちこんでいく。食うために食い、賭けるために賭け、殺すために殺す。

内還の希望がうすれて行くにつれて加介は、あの色の黒い小柄な看護婦の顔を何かにつけて憶い出すようになっていた。眼をつぶると、小さなダンゴ鼻や、黒い眼や、白い看護婦の胸をふくらませている乳房の隆起や、が浮ぶ……。しかし、このごろではもう、そんなものさえ想い浮ばなくなった。白い服の下にみえる胸の隆起の幻影は、ただちにふかふかしたマンジュウのそれに変った。皮の白さといい、濡れたように光るアズキの餡《あん》の色合いといい、その幻影は胸苦しいまでに真に迫って強く訴えてくるのだ。けれどもそれは、あくまでも甘美な想いにすぎない。実際に彼を苦しませるのは、となりの曹長が食事を毎度、半分以上も食べ残してしまうことだ。きょうもまた砂糖で煮た豆がどっさりのこったままの皿を残飯桶の中に自分の手でぶちまけなくてはならない。……

発熱して倒れたために部隊はそのすきに南方戦線めざして大移動してしまい、加介は移送されてハルピンの病院にはこばれ、そこでもまた奇妙で滑稽で無気味な諸人物と出会うことになるわけだが、病床でうつらうつらしながら女のことを考える。ここで氾濫を起すのがまたまた食欲で、白い乳房がマンジュウに、おそらく乳首らしいものが〝濡れたように光るアズキの餡の色合い〟に変っていくわけである。私はこの作品そのものが安岡大兄の作品群のなかでは抜群の明晰と強健を持ったものと眺めているのだが、このあたりの描写と分析をもっと綿密にやってもらったなら、食欲と性欲は条件次第でほとんど皮一枚の差にすぎなくなるのだという〝人間の条件〟のこの上ない例証になれただろうにと惜しみたくなる。条件次第である。他のすべての場合とおなじように、条件次第である。食談も性談も皮一枚の差なのである。性を忘れて食談にふける人も、食を忘れて性談にふける人も、その識閾下にあるものはおなじであるように思われる。一つの根の二つの幹であるかと思われるのである。それらが何かの痛切な渇《かつ》えであるかぎり——しばしば痛切でなくて倦怠でもあり、即興でもあるが——食談と猥談《わいだん》は一つのカードの裏と表にすぎず、私たちをいわれなく解放してくれる劫初《ごうしょ》のものである。

食うことは誰にとっても最大の関心事だが、彼等はもうそれ以外には何等の興味も欲望ももたない。といって脱柵してリンゴを盗みに行くほどの機敏さもなく、いつも空罐を手にもって、よれよれの病衣をまとい、食事どきになるとスリッパをぱたぱたいわせながら、食事当番のあとを、「おねがいします。おねがいします」と追い駈けて行く。他のグループとちがって彼等はおたがいに孤立している。下士官や上等兵から、みっともないぞ、といわれると、うなだれて涙を流したりするが、あとはまた「ええい、知っちゃいねえや」とつぶやいて、空罐の中に溜めた味噌汁のダシジャコを嚙んでいる。

しかし、人間はどんな状況にあっても工夫をせずにはいられないものだから、胃袋に手や足の生えたようなこういう人たちもただ空罐を持って「おねがいします」と乞食のように連呼して走りまわるだけではすまなくなる。空罐を持ってペーチカのまわりに集まると、配給のマンジュウを水でとかしてシルコをつくるとか、卵の殼やリンゴの皮を集めて焼いたり乾したりしてフリカケ粉にするとかの工夫に腐心する。廃物利用というわけだが、これまた軍隊でなくても、昨日今日、われらが周辺によく見うけられるところである。新聞の日曜版のすみっこによく誇らしげな文体のつつましい投書がでてるやろ?

こうしたエピキュリアンの一方の大家に二年兵の古川一等兵がいた。彼はいつも奇抜な方法で我慢づよく材料をあつめては、正式な方法で料理をした。たとえば豚カツが食事にあがるたびに食罐の底に残る少量の油をたくわえて、翌朝はそれで卵の目玉焼きをつくるとか、牛罐がくばられると、いちはやく部屋中の者と契約して罐カラをもらい集め、湯で洗い流した汁を煮つめて濃厚なソースをつくるといった風だ。

どこの国の軍隊でも戦闘さえなければ、ピクニックか、ままごとめいたものになってくるが、こういうあたりを読んでいると、悲哀とはべつにやっぱりその感が濃くなってくる。そして唯物的にいえば、そういうときの兵隊は内臓と大脳がぴったりうるわしく仲よく同化して、食って消化して排泄するだけの作業に無上の歓びと親和をおぼえて眼を細くするわけである。しかし、彼らは今日そういうぐあいであっても、明日、動員令が下って、フィリピンへいかなければならないかもしれないし、十キロかなたの野原で倒れなければならないかもしれない。

「兵隊ほど高くつくものはない。何てたって、兵隊のウンコは肥料にならないんだからね。ただやたらに、たれてまわるだけだ」

ずっと以前に、いつか安岡大兄と戦争の話をしていたら、大兄はいくらか酒に酔ってぶっきらぼうにそういったことがあったが、これは名言だと思う。都会育ちのハイカラの大兄がそういう農民の感覚を持っていることにいささか私はおどろいたけれど、よく考えてみると、日本の軍隊は市民の軍隊というよりはより濃く、より深く、より上から下まで農民の感覚で構成され、発動されていたように思えるので、そのなかでシゴキぬかれてきた大兄としては当然のところに眼をすえたのかもしれなかった。兵隊は無化され、氾濫し、そして、とどのつまりは、糞まで無化するのだ。

女帝を食うか、女帝に食われるか

　ビスマルクの政策は『右手に鞭《むち》、左手に飴《あめ》』のスローガンで代表されるものだった。マンデス・フランスは『ぶどう酒より牛乳を飲もう』と叫んだ。元オリンピック選手のザトペックは《プラハの春》のとき二千語宣言の署名者の一人であったが弾圧がはじまると転向して『パンと水だけのコミュニストになりたい』といった。東方の列島では某首相が某年、『貧乏人は麦飯を食え』と発言して吊し上げを食らい、後日、あれはカレーライスをというくらいの意味だったのだがと側近に洩らしたと伝えられる。その国では一九七六年、外国の飛行機会社の政治献金が問題になったが、億単位の金額が〃ピーナッツ〃と呼ばれると知って、さしもインフレぼけした国民もいささか鮮明におどろいた。

　〃食〃にまつわる表現は古今東西、政治の世界と現象に明滅出没してやまないが、今、たまたま、思いつくままに自動記述してみると、以上のようなことになった。ほんの思いつくままの数例にすぎないのであって、これを系統樹の方式で蒼古の時代からさぐりだしたらとめどないことになるだろうと思う。徹底的にこの面からだけ歴史を書いてみたら鮮烈で有益な書物ができあがるだろうと思われる。その書物は政治なるまやかしにみちた現象の本質の一つを痛烈に教えてくれることになるはずである。飴や、ぶどう酒や、牛乳や、パンや、麦飯や、ピーナッツなどという親愛な事物から出発してそれぞれの時代と思考をさぐろうとする努力は形而下と形而上の双面神に翻弄《ほんろう》されてやまない人間の苦悩にたいして真摯である。飴は飴であり、ピーナッツはピーナッツなのであって、イメージは徹底的に有限であり具体であるし、誰にでも一言でわかることなのだから、せいぜい言いかえ、すりぬけ、論点移動を試みても原点のところでは〝ピーナッツ〟が〝南京豆〟、もしくは〝落花生〟となる程度である。これをたとえば、〝自由〟という魔物じみた抽象語とくらべてみれば、たとえ〝ピーナッツ〟が〝キャヴィア〟であったところで、あくまでも具体の限界内にとどまろうとする謙虚は変らないのであるから、われら無告の民にとってはまことにありがたい。五億、十億、二十億などという莫大がピーナッツなどという莫小で表現される反語法の意図も何となく理解されるし、その着想の妙におどろいたり笑ったりしているうちにだんだんとモンダイがぼやけて果てはどうでもよくなっていくあたりの精神生理は荘厳悲壮な抽象語の場合とまったくおなじだなということも、ある晴れた日、よくわかるのである。

マクラとしてあげた例はビスマルク、M・フランス、ザトペック、池田勇人など、みな男であるが、この世界にはしばしば女もまぎれこんできて負けず劣らずの様相を呈する。これまた系統樹方式で整理していけば、政治の本質の理解とともに男と女の相違もクッキりと浮彫りされて、たいそう有益なのではあるまいかと思う。たとえばつぎの三例はいかがであろうか。

汗と空腹と公平の観念で激昂《げっこう》した群集がヴェルサイユ宮殿におしかけてくると、マリー・アントワネットがバルコンに出てきて『パンがなければお菓子をお食べ』といった。

汗と垢と公平の観念、そして失う私物といっては頭髪すらもない仏僧のクァン・ドック師がガソリンをかぶって火を放つと、知らせを聞くや、マダム・ニューは激昂して、『坊主なんかどんどんバーベキューにしてやるといいんだわ』と叫んだ。いかなる情報もつねに一方的にしか中国では流されないが、一九七四年に『毛澤東　文化大革命を語る』という書名で刊行された一書には、当時の最高幹部たちの座談風の討論の速記録が党公認のものとして収録されていて、その一つ、『首都紅代会責任者を召集接見したさいの談話』によると、江青女史が毛沢東、陳伯達、姚文元、汪東興などといっしょに出席し、談が反対派のことになると、『反革命が何十人といたとしても、若い人です。私を縛り首にしなさい。誰に油で揚げられようと私は怕《おそ》れませんよ。北大（北京大学）井崗山は「江青を油で揚げろ」といってますが』といった。

みなさんそれぞれに育ちや気質や観念の相違を持っていらっしゃるが、一歩しりぞいて冷静に眺めてみると、いずれも状況のクライマックスの時点での発言であることと、せっぱづまったあげくの率直きわまる、なりふりかまわぬ発言であることという点で共通している。お菓子だ、バーベキューだ、天ぷらだと三人とも結構な御身分なのに食欲ばかりで表現してるじゃないか、女だネといいたいお方はもう一度、マクラの部分の、男たちの発言をゆっくりと読みかえして頂きたい。私としては、たとえばマリー・アントワネットの場合はこれ以後、急転して〝大革命〟時代が始まったのであり、マダム・ニューの場合はこれ以後、ゴ・ディン・ディエム体制の転覆となって彼女自身も亡命しなければならなくなったのであり、江青女史はこの時点ですでにある人口のグループから極度に憎まれていたが八年後に過半数の人口から〝犬の糞〟と罵られ、食欲を失った身分に転落して消息不明になってしまったという事実に注目したい。それぞれの発言とその後の悲運を対照してみると、三人とも形を失った漂流物のひしめきあう時代のさなかにクッキリと独立した、抜群の名言をお残しになったものだと感じ入らずにはいられない。同時に、政治とはまさに食うか、食われるかの夜のジャングルだとの感があらためて胸にくるのである。どうやらこれは名実ともにそうなのであって、テーマも文体も〝食〟に凝縮されつつ展開されていく。三人ともそろって〝革命〟とスタンプをおされた動乱期に生きた美女、鬼女、猛女であるが、〝革命とはパーティーに出席して議論することでもなければエッセイを書くことでもなく、それは銃をもっておこなう純然たる暴力行為である〟という毛沢東のあけすけで当然きわまる言葉を連想すれば、とどのつまり、このフィールドでも〝食〟は暴力であるかの感慨もあらためて湧いてくるのである。

暴力の状況に三人とも煮つめられたあげくせっぱづまったとはいえそれにふさわしい表現を選びとったわけだが、状況を極限に表現することにはみごとに成功したけれど、状況の消化はできず、とうとう食べられてしまった。とりわけ江青女史など、人民が世界に冠たる食史を持つ国民だからか、ひとたび水に落ちたとなると、ことごとく舌と胃で非難罵倒され、やれ茉莉花入りの湯《スープ》や茉莉花茶入りの飯を食べたがったとか、やれ西洋料理やケーキなどを持ちこんで食べたとか、日本風にいえば茶飯を食べたとかオヤツを食べたなどということで打ち、また、打たれている。そこではからずも中国人の強いられている日常感覚もしくは価値観というものが露呈されて、何やら私はおぼろながらも暗くならずにはいられない。女史は憎かったかも知れないし、ひたすら憎めと強いられたからかも知れないが、その表現にはからずも日頃の不満が爆発している。読みかたによっては女史は人民の日常のある痛切の感覚を表現するための媒体ではなかったのか、その感覚の切実と深刻にくらべれば女史自身はさほどのことではなかったのではあるまいかとさえ、見えてくることがある。火災は原因となったタバコの火よりもいつも大きいという鉄則があるのだ。

この三人の女帝のうちで時間と資料に蒸溜されたのはマリー・アントワネットである。彼女は同時代においては反対派からは〝血に渇えた牝虎〟、〝この猛毒を持ったマムシ〟、〝この人喰い女〟などと口をきわめて罵倒されている。〝牝虎〟という評語は、はからずもマダム・ニューにもあの頃そのまま冠せられたし、おそらく今後、ハノイでヴェトナム共産党史が発行されるときにはそのまま使われることになるかと思われる。〃マムシ〃、〃人喰い女〃が江青女史に冠せられた評語であるかどうかを私は知らないけれど、少くとも〃犬の糞〃と呼ばれているのだから、それ以下の扱いであるらしいことはハッキリしている。ただし、それはこの原稿を書いている一九七七年二月某日現在の株価なのであって、ある晴れた日、もしや毛沢東＝江青派という一派がいて権力を握ったならまたまたどう光復するか、まったく予測の外である。フランス大革命の沸騰期にマリー・アントワネットは反対派からはマムシ呼ばわりされたけれど、王党派からは英明の天使、人知の美女、才色兼備の魅惑そのものなどと天上的評語で鑚仰《さんぎょう》されていた。そして振子が青血にまみれてゆっくりとまた慌しくもとへもどって王政復古の時代が何年かたってやってくると、その天上的評語はかなりのものがそのままもどってきて〃名誉回復〃をすることになるのである。シュテファン・ツヴァイクはこの両極端の評価に挑戦して資料を博《ひろ》く探究した結果、〃足して二で割る〃という基本的態度を決定するにいたった。そのイデーに彼は冷たい探索と熱い抒情を二つながらにつぎこみ、天使でもなければマムシでもないマリー・アントワネットを描出したのだった。ツヴァイクの仕事は労作であり傑作であるが、しばしば詩的雄弁が〃事実〃を消化しすぎているきらいがあり、全編の全箇処が熱で火照《ほて》っていて、史実としてある挿話を引用するにはいささかためらいたくなるところがある。その点では訳者も賢く指摘しているカストロの労作には〝述べテ作ラズ〟のイデーと気迫が文体のそこかしこに感じられるので、はるかに安堵《あんど》できるものである。このような史伝が今後、マダム・ニューについて江青女史について書かれ得るものなのかどうかということをまったく私は知らないし、予想もできない。いまはただ三人の女のうち一人の女についてたまたま二〇〇〇年ヤスリにかけられた結果、現在、どうやらこうであったらしいと見られていることについて書くだけである。

さて。

何冊かの研究書を読み、何人かの研究家にたずねてみたところ、ヴェルサイユ宮殿におしかけた空腹と公平観念の人民にむかってマリー・アントワネットがバルコンから、『パンがなかったらお菓子をお食べ』といったというのは、事実としてはたいそう疑わしいということになってきた。速記者もいなければテープ・レコーダーもないのだから、そんな事実はありませんと誰も断定することはできないのだが、そして、昂揚して大喚呼する群集に会うためにマリーは何度かバルコンに出ていって姿を見せ、ときには子供を胸に抱いて出ていったりもしているので、ひょっとしてひょっと何かそれらしいことを口走ったかもしれないと疑うことはいくらでもできる。それまでの彼女の生まれ、育ち、気質、言動などからすると、そのような事態に彼女が遭遇してそういうことを口にしてもけっして不自然ではないし、むしろ、その言葉は彼女の純真、無邪気、軽佻《けいちょう》、無関心、気まぐれ、お嬢さんぶりを表現するものとしてはこの上なくみごとな一句ですらあるので、発案者の観察眼の鋭さと時代感覚の表現のあっぱれさに感心したくなるほどである。しかし、何冊かの、〝世に問う〟気迫にみちた研究書をあらためて読んでみたところ、どれにもそれは記載されていないし、言及もされていない。ある研究書によると、ルイ十五世の娘のヴィクトワール内親王が、パリ市民は税金が高くてパンの値段があがって飢えているという話を聞いたときに、なにげなく、『飢饉で食べる物がないというのなら、あの人たち、パイの皮を食べたらいいのに』と洩らしたと伝えている。しかし、それは大革命よりちょっと以前のことだし、宮廷での世間話のはしきれであって、バルコンから大群集にむかって発しられたものではない。のちに〝革命〟が煮えたってくると、フーロンという参議は、飢えたら草を食え、辛抱しろ、おれが大臣になったら干草を食べさせてやる、おれはおれの馬だって食べてるんだといったが、バスチーユが人民に陥落させられてからは、形勢非ナリと見て、卒中で頓死したといいふらして姿をくらます。しかし、たちまち見つかって市役所に連行される。群集はこの男に馬扱いされたものだから絞首刑にしろといきりたつ。フーロンは街燈にぶらさげられたが二度綱が切れて三度めにやっと果てる。その首を群集は切り落し、口に干草をくわえさせてパリじゅうをひきまわしたという挿話がある。かなり物凄い話だし、いまでもどこかで起りそうな話ではあるけれど、マリーとは関係のない挿話である。

ジャン・ジャック・ルソーは『告白』の第六章で、社交嫌いだった若い頃、部屋に閉じこもってひとりで小説を読みつつ菓子パンをサカナにぶどう酒をちびちびやる無上の愉しみを書いた。そのことにふれて、つぎのように書いている。

パンを手に入れるには、どうしたらいいか。貯えておくわけにもいかない。下男に買わせたりすれば、ばれるし、また、一家の主人を侮辱することにもなる。自分で買いに行く勇気はない。腰に剣をつったりっぱな紳士が、パン屋へパンを買いに行ったりできようか。ついにわたしは、「百姓どもにはパンがございません」といわれて、「では菓子パンを食べるがよい」と答えたという、さる大公夫人の苦しまぎれの文句を思いだした。

ある研究家にこの件《くだ》りを指摘されて、この話がマリー・アントワネットにすりかえられたのではないでしょうかという意見を頂く。同時に、ルソーは革命以前に没しているという指摘も頂く。しかし、ルソーの自然讃美は革命をうながした知的醱酵素の不可欠の一つであったし、宮廷でも大流行で、それに影響をうけてマリーは田園生活にあこがれ、莫大な国庫を傾けてトリアノンの離宮を造り、徹底的に人工的な農家や牛小屋などを設けてたのしんだと伝えられているのだから、まったく無関係というわけではない。ここにいう

〝さる大公夫人〟とは誰であるかはついにわからないのだけれど、もしこれが当時かなり有名な挿話として囁《ささや》かれていたのであれば、いささか年月がズレても、大革命の右往左往の熱湯の泡のなかでマリーの言葉だとされてしまっても、さほど、不自然ではない。はじめのうちはマリーの言葉だとはされなくて、〝奥方様ってそんなものさネ〟と語られているうちに、飢餓と流血の狂瀾《きょうらん》のなかではたちまち註が消えて〝マムシ女〟の言葉だとすりかえられるくらい、何でもないことだろう。

フランス語とフランス料理に飛躍的な磨きをかけたのがイタリア人であることはよく知られているが、メディチ家のカトリーヌがフランスのアンリ二世と結婚したのは一五三三年である。彼女はコックをたくさんつれてフランス宮廷にのりこみ、菓子と料理にフランス貴族たちを開眼させた。十八世紀のいわゆるヴェルサイユ時代には、その後半期、料理と料理法はほぼ現在とおなじものがすでに出揃《でそろ》っていたらしい。それを日夜たのしんだのは王侯、貴族、大ブルジョワジーなどで、国民の大半はお話にも何にもならないようなものを食べていたらしく、これはちょっとあとで一瞥《いちべつ》する。この時代はめちゃくちゃな格差の時代で、それが革命を生みだす原動力になるのだが、暴君、暴政、抑圧、格差などがあるとそのあとできまって料理が発達して美女が生まれるという奇現象が人類史にはあるようだ。これはフランスでも中国でもおなじことである。戦争があるとそのあとできまって医学が長足の進歩を見せるという習癖と似たところがある。富の偏在するところには時間も味覚も肉も偏在するからそこで料理と料理法が実験室のようにああでもないこうでもないと苦心、工夫、研究され、美食と運動不足でぐったりとなったおえら方の舌と鼻をめざめさせるための、かの錬金術にも似た精進と秘技が集中されるわけである。それが極点に達すると飽満で仮死に陥ちた王様は人民に首を切りおとされ、その台所は開放され、御馳走とコックが巷《ちまた》へ流れていって花を咲かせるのである。〝食〟はここでも無残を含む。

マリー・アントワネットは十四歳のときにウィーンの王宮から送りだされ、馬車でフランスへ結婚にいく。ウィーンからヴェルサイユまで馬車旅行である。女官、侍女、髪結い、書記、お針子、外科医、小姓、宿舎係、宮中司祭、薬剤師、従僕、料理係、あらゆる種類の僕童、これらお附きの者が合計一三二名である。当時の王様の旅行となると二千名、三千名の人間をつれて歩くのはざらだったそうだから、これはむしろ簡素、質朴といってよいくらいのものである。たいしたことではない。途中で何泊もするけれど、宿駅としてのある修道院でホンのおしるしまでにだした料理の明細表がのこっていて、それによると、雛鶏一五〇羽、牛肉二七〇ポンド（約一三〇キロ）、仔牛肉二二〇ポンド（約一一〇キロ）、ラード五五ポンド（約二七キロ）、鳩五〇羽、卵三〇〇〇箇とある。伝記作家のカストロ氏はこの数字を列挙しつつ、〝たいしたことではないが〟と書いている。このお嬢さんがヴェルサイユ宮殿で〝王大妃殿下〟となってからは食事の世話人だけで一六八名というけたたましい大群団があてがわれる。その内訳は菜園係、酒倉係、ぶどう酒係、厨房《ちゅうぼう》小頭、下働きの僕童、料理人頭、酌取、罠係、料理人、ぶどう酒運搬係、果物係……ちょっとシンドなってきたのでこのあたりでよしたいが、これくらいなら、マ、そんなもんだというところ。何しろ一代前のルイ十五世のときには国王の身辺に奉公する者の数が、治政の末期には約四〇〇〇人に達していたというのだから、果樹にたとえたら果実がなりすぎて枝はもちろん幹まで折れてしまっても不思議ではない。

この時代の研究書を二、三読んでいて面白いと思わせられるのは、フランスの王家では宮殿のなかまで人民に立入ることを許し、食事、お化粧、着つけ、結婚式など、何でも立見をさせたという習慣である。犬と乞食坊主と新しいアバタのある者、および無帽の者、丸腰の者だけは追いかえされたが、誰かの帽子なり剣なりをチョイと拝借すれば木戸御免になったというのである。人民はすきっ腹をかかえてパリからてくてくヴェルサイユまで歩いていき、ルイ十五世の食事ぶりを見物して、ゆで卵の殻の剝《む》き方が上手だといって感心して帰ってきたそうである。何しろ王妃のお産の現場に立会って肉眼でシカと見とどけることも許されていたし、マリー・アントワネットもその習慣に従うわけだが、王太子が生まれたとなると、全宮廷、全国民、全土くまなく歓声でどよめきたち、魚市場のおかみさん連中がお祝いだといってヴェルサイユ宮殿におしかけ、ルイ十六世のまえで、シャンソンを合唱したというのである。それも特別に〝きわどくてあらけずり〟なやつだったという。カストロ氏はあまりに〝あらけずり〟だから三行だけ紹介しておきましょうという。勉強家だけれど、不粋な人だネ。

おいらのかわいいアントワネットが
ちっぽけなきれはしを作っただよ
それで、おらはコロッケを見ただ

ルイ十六世はニコニコ笑って大喜びし、もう一度やってくれとたのむ。おかみさん連中はいよいよはずみ、大声で身ぶり手ぶりを入れつつ合唱したとのことである。こういうエピソードを読んでいると、つい、どうしても千代田区丸の内・一の一の一にある竹の園生と思いくらべずにはいられなくなるが、これだけあけすけに人民的《ポピュレール》なところがあったのなら、フランスの王様は共和制要求の革命前にすでに〝市民王〟になっていたといってもよいのではないかと、日本人の私などは思いたくなる。現代ではスウェーデンの王様が雨の日にはコウモリ傘を持って満員の市電にお乗りになるという暮しようだけれど、すでにフランスでは二〇〇年前にごく気さくに実践しておられたらしき気配である。

これからたった八年後におなじ階層の、おなじ気質の、おなじ職業の女たちがアマゾンと化し、棍棒、槍、大鎌などを手に手に、なかにはほとんど裸のもいたとのことだが、パりからヴェルサイユへ喚声あげてなだれこんでくる。

「ばいたのやつがあそこにいるぞ」「あいつの心臓がほしいんだよ」「あたいたちはね、あいつの体なんかいらないよ。あいつの首をパリへ持っていきさえすりゃいいんだよ」「やくざ女め」「こいつで頸《くび》をちょん切ってやるんだよ」「オーストリア女め！」

バルコンへマリー・アントワネットが二人の子供の手をひいて出ていくと、撃て、撃ての叫び声があがる。しかし、彼女がそれを聞いて会釈すると、その大胆不敵ぶりにうたれてか、群集は一変して〝王妃万歳！〟と叫び、そのどよめきは宮殿の広大な前庭のはしからはしまでとどろきわたったとのことである。これからあと、やがて断頭台で切断される日まで彼女の耳は〝殺せ！〟と〝万歳！〟を事あるごとに相半ばしつつ聞いたかのように見える。

ヴェルサイユ宮殿で夜な夜な大宴会と舞踏会がおこなわれていたとき、国民の八〇パーセントか九〇パーセントはひどい食生活をしていた。ある研究家の調べたところによると、おおむねつぎのようなことであったらしい。日常の食物はパンとバターと水である。町民は一応、小麦粉で作ったパンを食べ、ときにはパン・ケーキを食べた。ときたまオカズに脂身を食べ、非常に稀れに牛肉のはしきれを食べる。飲物はいつも水だが、地方によってはぶどう酒のしぼりカスを水で薄めて飲んだ。ある刃物製造人の小さな親方は日に数回、パンとスープ。スープはごくありきたりのもので、薬味草、ニンジン、タマネギなどをちょっぴり入れ、脂を入れ、塩で味つけしたものである。日曜日だけ弟子の職人をつれて居酒屋へぶどう酒を飲みにいった。この時代のフランスの人口は八〇パーセント以上が農民であるが、彼らは黒パンを常食とした。黒パンは大麦、ライ麦、ソバ、カラス麦、粟《あわ》、豆などで作った。これはすぐに石のように固くなるのが特徴だった。一〇キロか一五キロくらいの〃岩〃を一カ月かかって食べた。〃岩〃を少しずつ削って水にひたして食べるのである。パン焼は一年に二回。そのときにかためてどっさり焼いておく。スープは塩味だけ。たまにバターかラードを入れた。日曜日には奮発して牛乳を入れることがあった。野菜を食べるのはこれまた非常に稀れだったが、食べるとすればいつもキャベツであった。サヤインゲンやソラマメなど、ときどき食べた。ブルターニュではパンのほかにソバ粉の粥《かゆ》、ソバ粉のクレープ、ソバ粉のケーキ。中部では粟の粥。南部ではトウモロコシの粥。貧農をのぞいてふつうの農家では豚、牝牛、牝山羊がそれぞれ一頭、牝鶏《めんどり》は数羽といったところであった。牛は肉を食べるよりは牛乳をとるのが目的で、牛乳はすべてバターとチーズにかえられた。牝鶏を飼ってはいるものの、卵を食べるのはごく稀れで、よほど特別の日であった。さきに十四歳のマリー・アントワネットが結婚のための馬車旅行をしたとき、一三二名のお附きの者に〃たいしたことではない〃食事が供されているが、卵だけでも三

○○箇使われたということをちょっと思いだしておきたい。十八世紀の冬は非常に寒かったそうだが、暖房などはないから、せいぜい肉食して内燃したく、冬になると虎の子の豚をつぶした。豚は農村で食べる唯一の肉だったが、それも直接、肉そのものを食べるというよりは、スープの味つけとして貴重なのだった。つぶした豚からラードをとって、冬のあいだ、ちびちびとスープなどに入れて、酷寒をしのいだ。牛や羊はきわめて少く、肉は祭りや婚礼のときだけ食べ、食べ残しは塩漬けにして保存した。これも特別の日にだけとりだして食べた。ぶどう酒はお国柄、当時すでにかなり生産されてはいたけれど、国民はみんな水を飲んでいた。酒を飲むのは、これまた特別の日だけであった。酔うのは悪徳と見られていたが、それは何よりも浪費だからという見地からであった。四〇〇〇人近くの召使いを抱えていたルイ十五世の平均的な一日の食費は当時の貴族の家の執事の約一ヵ月の給料に相当した。

ルイ十六世がマリー・アントワネットの夫であるが、これはムシャムシャ食いの大食漢で、彼が裸になって豚の耳と足を持ってぶどう酒桶に浸っているところを御先祖のアンリ四世が見て、余の子孫のルイとは御身のことかと嘆いている諷刺画があるほど、食うことにおぼれた人物である。しかし、どうやら、お人よしではあるけれど暗君ではなく、決断力には欠けるけれど残酷が嫌いで、趣味は狩りと錠前いじり、少年時代には大工の真似が好きで、いつも漆喰《しっくい》をこねて上機嫌であったと伝えられている。安逸と飽満の時代には仁慈ある王でいられるが、外套と短剣、機略と胆力の時代を綱渡りできる王ではなかった。後年彼はぶくぶくの肥大漢となり、蝶のような貴族や女官たちにとりかこまれて、まなざしのように素速くてたわごとのようにうつろな、甘美にして無為の日を送ることになるが、シャンデリアのしたにもっさりと鷹揚《おうよう》にそそりたって取巻き連中のひそひそ声やクスクス笑いに耳をたてるよりは、早寝早起き、朝は森へ鹿狩りにいって泥まみれになり、夜は仕事場にもぐりこんで油まみれになって錠前いじりにふけるのが何より好きであった。日記をまめにつける習慣もあったが、ほとんど毎日、〝リアン（なし）〟と一語書いたら、それでおしまいになるのだった。

ルイ十六世は少年として幼妻のマリー・アントワネットと結婚するのだが、彼は妻を心底から愛し、信頼して、それは生涯変わることがなかった。フランス一国を破滅に追いこむような妻の底抜けの浪費もまったく影を射すことがなく、どんなに物凄いツケがまわってきても彼はたじろぐことなく、ひとことも叱言《こごと》をいわず、すべてレッセ・フェールで許していたが、結婚式をあげてから七年間か八年間、彼は妻と未通のままですごした。不能なのではなく、力も意志もあるのだけれど、器官に欠陥があって努力を果させてくれない。きつすぎる包茎なのだ。幼い少年とその妻は何をなすべきかをよく知っているので毎夜のように励むのだが、その奥深い寝室は少年の苦痛の汗にまみれはしても妻の熱い声でふるえるということがないのだった。母のマリア・テレジアは娘から手紙でそのことを知らされ、夫をいたわることや、侮辱してはいけないことなどを綿々と手紙に書き、〝愛撫を二倍にしなさい〟と指図し、アントワネットもそれに従うのだが、励めば励むほど〝少年〟は尻込みしてしまう。アントワネットの兄のヨーゼフ二世がヴェルサイユ宮殿に乗りこんでルイ十六世と親しく男同士の話をしあい、外科医のメスで〝辺縁切除手術〟をうける約束をとりつける。このことを母のマリア・テレジアに彼は手紙でこう説明している。

彼はいささか気が弱いが、少しも愚かではありません。彼には考えもあり、判断力もあります。ただし、才気とおなじく肉体も無感覚なのです……。かの fiat lux（光あれ）がまだ訪れていないので、物質がいまなお丸まったままなのです。

おそらくこの期間、マリー・アントワネットにとっては心身ともに拷問であっただろうかと察したい。奢侈《しゃし》と逸楽に眼のないウィーンッ児らしく彼女はヘアー・スタイル、ファッション、香水、宝石、オペラ、舞踏会、晩餐会につぎからつぎへ、とめどなく、日夜、狂気のエクストラヴァガンツァにうちこんでいくけれど、あるとき、ふと、

私、退屈するのがこわいの。

と洩らしている。

いわゆる〝ヴェルサイユ時代〟なるものをもし一語に濃縮しようとなると、この呟きのほかにない。〝近代〟はこの呟きから出発している。

手術の結果、ルイ十六世は〝男〟になり、それまでの空白をとりかえそうとしてか、夫妻はたてつづけに四子を儲《もう》けることになる。第一子を儲けてからはマリー・アントワネットは天上的至福にみたされるが、同時にウィーンッ児は後姿を向けることになる。奢侈と軽佻はあいかわらず続行されるが、彼女の言動には簡素・質朴・英邁《えいまい》・剛毅・仁慈の母の面影が出没しはじめる。しかし、もうそのときはすでに遅かった。国庫はすでに傾きつくしていた。人民は飢え、眼の映るようなスープに飽き、啓蒙思想家たちは新しい文体を獲得した昂揚でいらだち、貴族の巣は中傷、密告、二枚舌、譎詐《けつさ》、毒ある密語で腐敗していた。人民の貧窮と激昂はパンと公平を求めてヴェルサイユ宮殿へおしかけた最初の一隊がほとんど女ばかりであったことや、はだし、ボロ、汗、垢、にんにくの匂いにまみれてほとんど裸体も同然の者がいたという事実にまざまざ語られているように思うが、この女たちの母も、祖母も、曾祖母も、みなおなじように飢えていたはずなのに沈黙して消えていったのは、それが自然であり、季節であると感じられていたからだった。突然といってもよいくらい、女たちは、飢えを知ったのだった。季節ではないと知ったのだった。この〝知〟はとめどない血を要求したが、その後に来たもののことを考えると、はたして女たちが祖母よりも賢かったかどうかについては、考えれば考えるほど、まだ誰もグランド・トータルをだすことができないでいる。二〇〇年後の現代でもその収支決算書は書かれないでいる。としか、書けないのでは、あるまいか。たとえ一人の少年がそもそものはじめに、包茎であったところで、なかったところで……。

赤ン坊の蒸し物　酒飲みの煮込み

飢えからか、迷信からか、ゲテ食いの果てにか、とにかく何かの理由から人が人を食ったという経験はこまかくしらべてみればたいていの民族が持っている。戦争になるとどの民族も残虐行為に走り、そのやりかたは千変万化するが、とどのつまり、どの民族がどの民族よりもすぐれて残虐であるなどといえなくなるのとおなじように、喫人の経験なり、歴史なりを持っているからその民族がとくに他より野蛮だとか、残忍であるなどとは、とてもいえなくなってくる。

昔の中国。南朝の梁《りょう》代。ある将軍がクー・デタを起し、軍隊で南京《ナンキン》を包囲して兵糧攻めをやった。官、軍、民、あわせて十余万人が城内にたてこもったが、やがて食物に窮してウマ、ネズミ、スズメなど手当り次第に食べ、ときには鎧《よろい》をぬいでその革を煮こんで食べたりしたが、尨大《ぼうだい》な数の死者がでて、その死体からでる爛汁《ただれじる》が溝《みぞ》からあふれたという。この将軍はやがて南京を降服させて手に入れるのだが、のちに捕えられて殺される。すると、恨み骨髄の人民は将軍とその妻の肉を食べ、それでもまだ足りなくて、骨を焼いて灰にし、酒に入れて飲んだと伝えられている。こういう挿話《そうわ》はざらにあるし、激怒の表現としてはさほど不自然に感じられない。食べチャイタイワと女がいえば讃辞になるが、食ッチマウゾと男がいうと、ほんとにやっちまうのである。

唐代には喫人はふつうにおこなわれる食習慣であったらしい。飢饉《ききん》や戦争のときだけでなく、つまり追いつめられたあげくに喫人するのではなく、あえていえば趣味、または嗜《し》好《こう》としてそれをおこなったらしい。ある盛大な盗賊は二十万人の輩下をつれて東に西に流れ歩き、いたるところで喫人した。女や子供を料理して野郎共に配って食べさせ、本人ももちろんよろこんで食べたが、とくに赤ッ坊の蒸したのが好物のメニュであったらしい。牛でも豚でも仔《こ》のうちは珍味中の珍味で、スペインでもタヒチでも丸焼、また、丸のままの蒸焼きにするのが御馳走である。マドリッドへいったら《カサ・デ・ボチン》という店がこれの専門だから是非訪れられたし。だからその山賊が赤ッ坊に眼をつけたのは、的を射てるといえそうである。しかし、この先生、いつもいつも赤ッ坊の蒸したのを食べていたわけではなさそうで、人間ッてどんな味がするもんですかとたずねられ、〝酒飲みの肉が一番だな〟とも答えている。

則天武后《そくてんぶこう》の時代に杭州《こうしゅう》の一人の警察関係のエライさんは、これまた喫人が好きで、借金取りがやってくるとそれを殺して食べ、ついでにその従者も食べ、まだ足りなくて未亡人にまで手をのばしかけたところ、逃げられてしまい、そこで発覚して、捕えられ、死刑になったという。さきの盗賊が赤ッ坊や酒飲みに眼をつけたのはなかなかの食通だと思いたいが、借金取りとその従者などはかなりゲテ趣味のように思える。食われたほうは文字通り元利まるごとイカレちまったわけだが、食ったほうはあまり消化《こなれ》がよくなかったのじゃないか。それとも、頭痛の種が消えて、ああ、これでスッとしたと呟いたか。

ほかにも死んだ召使いを食べたのや、人に人肉の味をたずねられてついうっかり、〝あんな生臭いもん、食えるかい〟と答えたのや、人肉を食べると人が眼をさまさないからというジンクスを信奉してこれを常食にしていた七人組の泥棒など、いくらでも例があるらしい。黄巣《こうそう》の乱のときには人肉工場があったというのである。賊が特設工場をつくり、数百の臼《うす》をならべ、善男善女を生きたままそこにほりこんで砕き、ゴロゴロとひいて骨ごと食べたそうである。くわしいことはわからないけれど、肉を骨ごと食べるというのはちょっと珍しい。豚の肋骨《ろっこつ》についた肉を骨ごと焼くのは西洋料理にも朝鮮料理にもあるけれど、あれは骨から歯で肉を剝《は》がして食べるのであって、骨のほうは捨てるのである。ところが、この賊たちは人肉を骨ごと食べたというのだからカルシウム分の多い、歯ごたえのあるハンバーグといったところだろうか。

話が物凄《ものすご》いのでいささか戯文めかして書いたけれど、これはみな篠田統《おさむ》『中国食物史』（柴田書店刊）からの引用である。これは労作であり大作である。原人以来の華国の食習慣の変遷の歴史をたどった稀書《きしょ》であり、奇書である。それをずっと読みたどって唐代まできて喫人の挿話をいくつも教えられた。ちょうどそのとき、過日の『人を食う』座談会があり、佐伯彰一、野坂昭如の両氏に是非紹介しようと思ったのだが、機会を失してしまったのでちょっと遅れたけれど補遺としていま書いておくのである。座談会というものにはザルで水をすくうようなところがあって、おしゃべりをすればするだけ洩れ落ちていく。あとになってからいつもいらだたしい思いをさせられるのだが、どうしようもない。部屋をでて階段の踊り場にさしかかってから、シマッタ、あれをいうのだったと唇を嚙むことを《エスプリ・デスカリエ》と呼ぶが、どうやら私はいつも踊り場でいらいらしているようだ。

東京都の雲古を舟で房総沖へはこび、そこを流れている黒潮の本流に捨てる。ヘリコプターから眺めるとそこに黄いろい島ができたように見えるけれど、たちまち流されて消える。その雲古からプランクトンができる。食物連鎖の第一環である。そのプランクトンをイワシが、そのイワシをカツオが、そのカツオをカジキがと、とめどない食いあいがはじまるのだが、人間はプランクトンをのぞいて第二環以後のすべての魚を食べる。そして、ときどき、マグロの中トロをつまみつつ、生きることの息もつけない濃密さにおびえてか、どこかでおれはひょっとして人を食べているのではないかという予感におそわれる。しかし彼は眼前に形のある事物をのぞいては濃密な思考がおこなえないから、たちまち忘れてしまう。予感は閃《ひら》めきだけで終り、発火しない。

しかし、地球大でこれを眺めれば、尨大な数の飽食にふけっている人口と尨大な数の飢餓にあえぐ人口があるのだから、飽食族が飢餓族を形式を変えて、見えない形式において喫人していること、これはもう明白な事実である。ヒトが鼓腹撃壌してお上《かみ》なんざ知ったことかいとアナーキーの至福を歌えたのは伝説の尭《ぎよう》帝時代だけで、あとは連綿として一社会、一国内部で、制度からか信教からか、それぞれあらゆる民族が事物の見えない喫人をしつづけてきた歴史はいまだに書きかえられていない。そうすると、ヒューマニズムだの、連帯だのを口にせず、いきなり赤ン坊の蒸し物にかぶりついていた例の盗賊のほうがいっそ率直ですがすがしいということにさえなりかねないのである。今年の正月はフトンにもぐりこんでゆっくりこの本を読んですごそうかと思う。

何を食べて？……

思いだす

〝はじめての経験〟を一つ、二つ。

その年の冬は暗くて冷めたく、しじゅう氷雨《ひさめ》が降ったとおぼえている。翌年の冬もそうだったような気がするけれど、記憶がはっきりしない。翌々年となると、もう、まったくおぼえていない。その年の夏に戦争が終って、秋となると学校にもどったのだけれど、南方や大陸へ輸送される兵たちの仮宿舎にされていた校舎は汚れに汚れ、壊れに壊れていて、冬になってもいっこう片附かなかった。どうやら兵たちは校舎に閉じこめられているうちにひどい自暴自棄に陥ちこんだらしく、全階のことごとくの便所、廊下、階段、階段の踊り場、校庭、植込みのかげ、いたるところが雲古でいっぱいになり、足の踏み入れようもなかった。そのうえ彼らは寒さに襲われると教室の机だろうと、廊下の羽目板だろうと、手あたりしだいに剝《は》いで焚いてしまったので、どこもかしこも穴だらけであった。教室の窓ガラスも破れに破れていたので、応急措置として板などをぶっつけてふさいだ。

冬となると、連日、氷雨が降り、それが風に追われて破れ窓からおかまいなしに吹きこんできた。教科書がたちまちぐしょ濡れになる。ひどい日には生徒たちは窓側をはなれ、二人で一つの席につき、廊下側にかたまるのだったが、そうなるとあいた机や床に雨が溜まるままとなり、沼のようにいちめんにひろがって、にぶく光っていた。そういう教室で私たちは昨日までの教科書を先生から何頁の何行目から何行目まで、何頁の何行目から何行目までと、いちいち教えられながら墨で消していき、それを読んだり、教えられたりするのだった。先生たちもひどい栄養失調にかかっているので、授業中に眩暈《めまい》を起して倒れる人があった。学校の農園のイモを作業にいったとき生徒たちの眼を盗んでリュックにつめて持って帰ったといって生徒たちからイヤがらせのシュプレヒコールをかけられたり、落書で書きたてられたりした人もあった。先生はそのたびに体をふるわせて怒るのだが、ひもじさからだろうか、つぎの行動に移るということができなかった。それを見て悪童たちはいよいよ愉快がって、からかったり、ののしったりした。

電気が二分して配給される。業務用と家庭用である。昼間は家庭に配給され、夜となると工場に配給される。だから夜は家のなかはまっ暗となる。ローソクや石油ランプを灯して暮すことになるのだが、それがまた闇市で買ってこなければならず、ひどく高い値段なので、惜しみ惜しみ、チビチビと使わなければならなかった。石油ランプで本を読むと眼がチカチカするし、長時間やってると頭が痛くなってくる。そこでゴロリとよこになるのだが、ストーブ、電気毛布、コタツ、白金カイロ、何もないので、毛布を体に巻きつけてブルブルふるえていると、だんだんあたたかくなってくる。大きな石コロをひろってきて、七輪であたため、古布を巻いてふとんに入れる。つまり、〝温石《おんじゃく》〟というものだが、何度も何度も焼いているうちに石は色が変り、妙にツルツルしてくる。そして、なかには、焼いているうちにパチッと音をたてて二つに割れるのもでてくる。

ノミとシラミにも悩まされた。このものたちこそは昆虫界の古典型ブルジョアである。遠いところへ花を求めて飛んでいったり、強い虫や小鳥や悪童におびえたりしなくても、人の皮膚という広大なパンの野原にのんびり寝そべっていたらいい。そして右へごろり、左へチャラリところがって、箸も茶碗もなしで、じかに口をつけてチュウチュウと吸うのである。吸うのに飽いたらまた寝そべって、今度は恋である。恋に飽いたら出産である。いくら生んでもかまわない。生みたい放題に生みちらかす。いくら生んでも、いくらでも暮していける。草原《パンパス》のイナゴみたい。御主人が栄養失調だろうと、カボチャばかり食べて手のひらまで黄いろくなろうと知ったことではない。夜になってそろそろ野原があたたかくなってくると眼をさまし、あちらこちらの隠れ場所からでてきて、なるべく柔らかいところ、指のとどかないところと一等地を選んで歩き、身うごきできないまでに血肥りする。米粒くらいもあるシラミはざらに見つかった。学校へいって朝の乾布摩擦にシャツをぬぐと、まえの友人の首すじに逃げおくれたのが這っている。銭湯へいって籠にシャツを入れると、その薄暗い板の間にも灰いろの脂っぽい粒がヨチヨチと腰をふって歩いている。

毎夜毎夜のことなので、そのうちに慣れてくる。コツがわかる。技術と意識が手をとりあって定着される。寝ていてうつらうつらしながらも連中が晩餐会や舞踊会をはじめると知らず知らず手がのびていって、一匹また一匹とつまみとれるようになった。それはかりではない。つまんだあとコロコロと指の腹でころがし、まるめてから、プツンとつぶす。それまで無意識のうちにやれるようになった。シラミはのろまなので造作なくやれるが、ピョンピョンとびまわるノミもおさえられるようになった。私の経験では彼らにも一夜のうちに活潑になる時間帯とそうでない時間帯とがあるようだった。それをわきまえているとこの寡黙だが貪慾な美食家をコントロールできやすい。たまらないのは空腹である。ノミにチクチク、シラミにモゾモゾやられても空腹さえなければ何とかしのげるけれど、これはかりは魔的な様相を帯びてくる。

空腹も〝飢え〟と呼べる段階になると、全身に悪寒が走ったり、眼が見えなくなるほど白熱してきたりする。それが暴風のように交互にかけめぐるのである。ノンフィクションやフィクションにときどきあらわれる飢えの記述を読んでいると、体のふるえをとめようとして木の切れっぱしや毛布に嚙みつくという描写があるが、正確である。無残なまでに正確である。それは一つの熱病に似たものなのである。寒い慄《ふる》えと熱い慄えがそれぞれ怒濤のようにせめぎあうあいだは、ただ叫びだしたくなるのをこらえて、ころげまわったり、毛布や床柱にしがみついたり、その大潮のひいたあと、全身がうつろで冷めたい洞穴となってしまう。へとへとに疲れてしまう。ひょっとしてたとうとすると、眼がくらみ、たちまち視野が昏《くら》くなっていって、無数の小さな眼華が乱舞をはじめる。冷汗がにじんでくる。吐気がこみあげてくる。

母がなけなしの金をハタいて闇市でサツマイモを買ってくる。この八月までの戦争中に物々交換してしまったタンスのひきだしというひきだしがすっかりがらんどうになっているることを私はすみずみまで見ているのだから、何をどうして金がつくれたのか、見当のつけようもない。たずねる勇気もない。イモを釜で蒸してザルに盛り、食卓におくと、祖父、母、叔母、妹たちの眼がギラギラと輝やきはじめる。ひとかけらでもよけいに食べたい。一センチでも大きいイモを狙いたい。肉親も、兄妹愛もあったものではない。食卓の前後左右に輝やく眼を見ると、思わず眼をそむけたくなる。母も、妹も私を見て眼をそむけ、その母や妹の眼を見て私も眼をそむける。それは正視に耐えられないまなざしである。〝食慾〟そのものなのである。無残といってもしようがない。イモを食べるのではない。人が人を食べるのだ。私たちはたがいにたがいをむさぼりあっているのだ。イモにむかって手をのばしながら誰も何もいってないのに母がワッと声たてて泣きはじめる。

戦争がなかったらこんなことにはなれへんかった。お父ちゃんが生きてはったらもうちょっとましなはずや。あんたらにもっともっと食べさしてやりたいのにもう売るもン、何もない。着物も、火鉢も、何もない。そんなことをいって母は泣きじゃくる。叔母も妹もうなだれて泣きはじめる。昨日もそうだったし、一昨日もそうだった。毎日おなじ陰惨を浴びせられるけれど、浴びせられるままですわっているしかない。ただうなだれて、一瞬の形相でイモを眺め、すばやく手をのばして一コとり、食べたとも、呑んだとも、わからない。耐えるとも、何とも、わからない。ただ、あぐらをかいて、すわっている。

学校へいくのも、家にいるのも私はイヤになった。何も、かも、イヤになった。見るのも、聞くものも、すべて肚《はら》にこたえすぎて、ジッとしていられなかった。とらえようのないおそろしさとさびしさが、朝、眼をさましたときから、じわじわと、ひたひたと、せまってくる。避けようもなく、ふせぎようもない。その潮は広くもあり、深くもあり、いつさしてきて、いつひいていくのかわからず、駅で電車を待っていても、焼跡をほっつき歩いているさいちゅうにも、とつぜん前触れなしにおそいかかってきて、おそわれたとわかった瞬間にはもう粉砕されているのだった。私は一房のホンダワラか、とけかかったクラゲか、渚の破片にすぎなかった。この八月まで戦争をしているときにはついぞ見かけたことがなかったのに平和になると阿倍野橋の地下鉄の薄暗い構内ではびしゃびしゃの水溜りに顔をつっこんだまま何人もの男がのたれ死している。

復員してきた男たちが満員電車の連結器に乗っているうちにカーヴでふりおとされて頭蓋骨を粉々に砕いてしまう。白桃色の豆腐のような脳漿《のうしょう》が頑健なレールと枕木に何十メートルにもわたって点々と散乱している。それにまじって干魚やタバコがおなじように散乱している。やせた、賢そうな葬儀屋のおっさんが長い竹箸で脳片をひとつひとつ拾ってボール紙の箱に入れる。それが蒼茫《そうぼう》とした黄昏《たそがれ》のなかで、ちょうどゴイサギが田ンぼでドジョウをくちばしでつまんで歩くように見える。子供たちが歌をうたいつつタコをあげている。

誰にいわれたのでもないけれど、私は学校にいくのをやめて、はたらきにでた。町内に漢方薬で大儲けしつつあるという噂のおっさんが一人いて、妾といっしょに暮し、毎日、朝から酒を飲んでいるとのことであった。そのおっさんが見習工を募集しているると聞いたので、私は応募することにした。指定の時日にその妾宅にいってみると、私は座敷に通されたが、おっさんはとなりの部屋で酒を飲みつつ寝そべり、女に腰を揉《も》ませているらしき気配であった。女は私のことを優しい、柔らかい口調でおっさんに紹介し、はたらきたがっているのだという旨のことをつたえた。おっさんはもぐもぐした口調で、年齢や、学校、両親のことを一通りたずね、ぞんざいに、ほんなら明日から来とくなはれ、といった。第一工場ではたらいてもらおか、ともいったようであった。

翌日から私はこのおっさんの工場ではたらくことになった。おっさんは虫下しの漢方薬を作っているのだったが、ネーミングに若干の誇大妄想癖を抱《いだ》いているようであった。マクリやザクロの根の皮などを鉈《なた》で木株でコッコッときざむにすぎない倉庫のことを〝第一工場〟と呼び、それら怪力乱神をタライでかきまぜたあと紙袋につめる仕事を、ちょっとはなれた町内で長屋二軒をブチぬいてやらしているのだが、そこのことを〝第二工場〟と呼んでいた。

　私は第一工場にまわされ、倉庫の冷《ひ》えびえとしたコンクリ床にムシロを敷いてすわり、あぐらをかき、あぐらのなかに木の根株をおく。そして、日がな一日、重い鉈でコッコッと、海人草や、ザクロの根の皮などをきざむのだった。向い側におじいさんが一人、おなじ姿勢で根株を足にはさんで、コッコッと音をたてる。おじいさんは極貧からくる結核のためにつぎつぎと妻や娘を失い、いささかウロがきていて、一日じゅうほとんどひとことも口をきかなかった。昼飯時になるとアルミの弁当箱をとりだし、大根入りのびしゃびしゃした飯を、ひとかたまり、ひとかたまり、箸で区切って、じつにおいしそうに口にはこんだ。おじいさんは一日じゅう影のようにだまりこくってコッコッと鉈をうごかすだけなのだが、ときたま、肺をえぐるようなもがき声をだし、すごいかたまりの青痰を吐いた。その痰はきざみおわった海人草のなかへ吐かれるので、やがては回虫おろしのためにといって煮られる土瓶のなかでそれもまた煮られるはずであった。おびただしい量の老人性結核菌がそうやって怪力乱神にまじって各家庭に配られていったわけである。おじいさんがカーップーッとやるたびに私はゴーゴリ風の痛罵を身にしみて感じさせられたけれど、結果については何も知らない。

この運河わきの倉庫のなかで私とおじいさんは、さながら日時計のようであった。倉庫の高い天井からおぼろな、淡い、冬の陽《ひ》が射して、私の影をしらちゃけたコンクリ床に投げかける。時刻の移動とともにそれはじわじわと縮んでいき、正午をすぎると、午前中には左にあった影が右へ移って、じわじわとのびていく。それを見ながら、ただひたすら、海人草をコッコッときざむのである。おじいさんは生ける化石さながらに一日じゅうひとことも口をきかないから、よどんだ池の底のような倉庫のなかに聞えるのは、ただ、二人の、時計の振子のような鉈の音だけであった。ずっとずっと後年になって私はシモーヌ・ヴェーユが自身の工場における労働の体験からしてマルクスの生産理論を〝神話〟だとして粉砕したエッセイを読んだが、おそらくその根源は、あの、朝の十時頃と、午後の三時頃におそいかかってくる、名状しにくい倦怠と弛緩と出口ナシの狂気の衝動にあるのだろうと想像することにした。あの、どうしようもない胸苦しさは知る人にしか知られていない。あれを知ってみれば、マルクスがついに書斎の人だったと、痛感される。

何日も、何週も、毎日午前に一回、午後に一回、老人の頭を鉈で粉砕してしまいたい衝動を必死になってこらえて、私は草根木皮をきざんですごした。そしてその結果としてもらったごくわずかのお給金を、母や妹のためにイモを買ってやることをせず、ただオトナになりたい、もしくは、オトナの真似をしたいという一心からジャンジャン横丁へいってカストリを飲んで消費してしまった。ひどい良心の呵責《かしゃく》と宿酔に苦しめられたけれど、それが私の、私にたいする〝成人式〟であった。

十五歳の冬である。

続・思いだす

昨年（一九七三年）の十一月、駈け足のような講演旅行にでかけ、ロンドン、デュッセルドルフ、ブリュッセル、パリと、まわり歩く。ロンドンは一泊きりだったけれど、翌朝、ホテルの小さな食堂で〝ハディー〟を食べたのがいい記憶になってのこっている。これはタラの燻製《くんせい》をさッと湯に通したというだけのものである。タラには一匹が一〇キロ、二〇キロという巨大なのに成長する〝コッド〟と、こじんまりした〝ハドック〟の二種があるが、そのハドックの燻製の愛称が〝ハディー〟である。素朴、淡白な白身がほんのりと燻香を匂わせ、朝食にはもってこいである。イギリス人は朝食に〝キッパード・ヘリング〟といって、ニシンの燻製のバターいためが好きだけれど、淡白な気品ではこちらのほうがずっといいように思う。タラのチリ鍋を連想させられてなつかしいということもある。

ブリュッセルはベルギーの首都で、はじめて訪れたのだけれど、到着後にざっと一時間ほど散歩してみて、むこうからやってくる女性が上流、中流、下流を問わず、身なりはそれぞれちがうけれど、ことごとく山出しの女中さんのような顔をしているのにおどろいた。あとでここに永く住む日本人の一人にそのことをいうと、まさにそのとおりなのです、ヨーロッパ三大ブス国といって、ベルギー、オランダ、スイス、この三つは定評があるのですという返答であった。夜になって市外の深い森にあるレストランへつれていかれ、結構な食卓に招待された。一品、一品それぞれにみごとで、いうことなかったが、食後にアイスクリームにチョコレートをたっぷりかけたのをだされ、そのチョコレートをなにげなくしゃくってみておどろかされた。私は酒にはかなり耽溺《たんでき》してきたけれど、甘いものにはほとんど関心がないので、経験も知識もない。舌にのったその一匙の溶きたて、できたてのチョコレートには貴重な香りがあり、味には陰翳《いんえい》ゆたかな、奥深い、ほろにがい円熟があり、眼を丸くさせられた。チョコレートがこれほど気品高い、微妙なこだまを含んだものであるとは知らなかった。十九世紀の名作のあちらこちら、とりわけロシア文学の名作のあちらこちらにどうしてあれほど〝ショコラ〟を飲むことが熱心に書かれたのかが、ようやく、それとなく教えられたような気がした。まさしくこれは不意打ちではあったけれど、いい勉強になった。

パリにでて講演をすませたあと、二、三日、ぶらぶらしてすごす。四年ぶりのこの都であるが、朝早くから自動車が走り、サラリーマンが寒い舗道を猫背になってせかせかと歩いていき、キャフェのギャルソンが無愛想になり、しばらく見ないうちに、ちょっと見ただけのことがひどく変っているので、おどろきもし、憂鬱もおぼえさせられた。フランス人が日本人みたいにはたらきだした、と教えられる。フランスがはたらくようではもうこの時代はダメだ。そのうちひょっとしてイタリア人がウソをつかなくなったなどといいだすんじゃないか。そうなるといよいよおしまいだよ。お迎えがきたと覚悟しなさい。そんな冗談をいいながら、なにやらウソ寒いものをおぼえてならない。このままでは日本に負けると叫んでフランスの前近代ぶりをシラミつぶしにあばきたてたセルヴァン・シュレイベールの声が浸透してこうなったのか。ド・ゴール・ナショナリズムのこだまが生みだした鬼子がこれなのか。さだかにはわからねども、なんとなく首を真綿でじわりじわりとしめられるような、潜水艦の酸素がジリジリと減っていくのを手をつかねたまま眺めているような、そんな気分にならされる。キャフェや舗道で怠惰を芸術に仕立てあげるやりかたをさまざまな小さなことで教えてくれたこの唯一の都が、今度は、あろうことか、日本人の私にはたらくことを教えようというのだろうか。

某日、シャンゼリゼ大通りのクラリッジ・ホテルのあたりをちょっと入った小路にあるレストランに招かれる。何を食べたいかとたずねられてフォア・グラの生《なま》のとびきりのをと答えた結果である。フォア・グラの松露《トリュッフ》入りの罐詰や陶壺詰はこれまでにときどき食べたし、そのフレ、つまり生のやつも二度ほど試めしたことがあるけれど、《!》と同時に《・》までうちたくなるのにはまだお目にかかっていないのである。けれどこの夜の食卓にでてきたフォア・グラはみごとであった。食いだおれでは底なし天井知らずのパリのことだからもっと凄いのがほかにあるかもしれないけれど、私としては《!》といっしょに

《・》をうちたいところであった。この店のはストラスブールではなくてペリゴール産だという。松露は入っていない。素焼のカメにつめて一年間地下の冷暗室で寝かせて熟させたのだという。メニュを見ると、ゼリーでくるんだのとか、ソースをかけたのとか、松露入りのとか、さまざまあるが、われわれは一も二もなく《フォア・グラ・フレ・ナチュレル》、つまり円熟の生一本にとびついた。その柔らかさ。その媚《こ》び。その豊満。薄く切ってパンきれにのせ、ホカホカにあたためた松露をべつに薄く切ってそれに添えて、あわてずさわがず、ものうげな顔をしいてよそおって、静しずと歯をすすめる。ときどき手をおいてソーテルヌをすする。こんな甘い白ぶどう酒は食後にたしなむものだと私は思いこんでいたのだけれど、給仕長に、うちのフォア・グラにはこれが合いますとすすめられてやってみたら、なるほど絶妙なのだった。意表をつかれたけれど、これまた、発見であった。

安岡章太郎大兄が顔をあげて

「！………」

という。

私が顔をあげて

「・」

とつぶやく。

このあとは私は野鳥の季節なのでウズラの腹にフォア・グラと松露のこまかくきざんだ

のをつめこんで蒸焼きにしたところへ濃厚ソースをかけたのをとる。さきのフォア・グラ・フレ・ナチュレルで感官を消耗してしまったのだろうか。ソースが濃くて、しつっく、わずらわしく感じられはじめる。倦怠をいささかおぼえはじめる。その弛緩に反省とか回想とか呼ばれる虫がむっくり背をもたげてひそひそと入りこんでくる。両極端は一致するという定理がそろそろうごきはじめる。これは私の永いあいだにしらずしらずつけてしまった癖である。ほとんど病気といってよろしいものかと思われる癖である。戦中・戦後の窮乏期のことをつい、つい、思いあわせずにはいられなくなるのである。御馳走を食べると、きっとどこかで、昔のどん底を思いださずにはいられなくなるのだ。それが御馳走であればあるだけ、いよいよ、昔のひどいものを思いだしたくなるのだから皮肉である。が、われと自らにその皮肉を強いてたのしむところもある。

戦争中は肉もない、魚もない、米もない、麦もないの、ナイナイづくしであった。中学生の私は母と二人きりで暮したことが何カ月かあったけれど、家のなかは虫歯の穴、それも老人の虫歯の穴のようにがらんどうであった。金属という金属は包丁とバケツをのぞいてことごとく戦争道具に鋳直すべく供出させられてしまったし、タンスのなかの母の和服はリュックにつめこんで農家へ芋や菜と交換しにいくので、ひきだしというひきだしが、ほんとにからっぽになってしまった。和服をとりだすたびに母はそれについての思い出話にふけり、これは死んだお父ちゃんが歌舞伎を見にいくようにというて作ってくれはったんやとか、その頃は皇太子が生まれはったいうて町に花電車が走ったもんやとか、アアやねんとか、コウやねんとか、ヒエダノアレみたいにとめどなくなるのだった。はじめのうちは私も胸ふたがれて思いぞ屈したのだったけれど、たびかさなるうちに厚皮動物のようになってしまった。その頃の私の、まだあまり人や事物に慣れていない、うぶな眼には、皿とか茶碗などという無機物も、何日も、何週間もろくに使わずにほっておくと、木や獣のように枯れてやせていくのだという知覚が強烈であった。しょっちゅう使って、人の手に洗われ、磨かれ、触れられている瀬戸物は照りもあり、艶《つや》もありして、輝やくのだが、ほりっぱなしだと、樹液を失い、あぶらを失って、枯死してしまうのである。その頃の私の家の台所はひからびきっていて、あちらにもこちらにも、枯れてしまった茶碗や皿がただきれいに整理されて並んでいるだけであった。

イモの茎。イモの葉。ノビル。ハコベ。ヨメナ。タンポポ。これら野草、または野草に近いものなどについて私は幼い本草学者とならされてしまった。野道を歩いていても草の葉を見て、あれは食べられそうだとか、あれは苦《にが》そうだとか、これはふっくらしておつゆ気があるとか、こちらは湯にとおして日干ししたらエグがとれそうだとか、そういうことが見えてならなかったし、気になってならなかった。たいていポケットには糸をつけた木綿針が入れてあるので、野道を歩いていてイナゴを見つけると、つぎからつぎへ、パッと掌でしゃくうようにしてとらえては針に刺していった。イナゴは若いのも老けたのも、焼いて食べたらおいしかったけれど、バッタはやりきれない。妙にあぶらくさく、ねたねたとしつっこいところがあるうえ、ボッテリ肥った腹から異様な回虫がでてきたりするので薄気味がわるいのである。

ハチの子、クヌギ虫、その他、緑便の素以外のものでは何でも手あたり次第にやってみたけれど、その結果として、バッタとトンボはどうにもいただけないと私は思いこむにいたった。ずっとずっと後年になって香港をぶらぶら歩きしているとき、屋台でゲンゴロウをイタめて売っているのを発見し、美少女たちがまるでポップ・コーンでも食べるみたいにアジアの小粒の白い歯でシャクシャクパリパリと噛み砕きつつ町を歩いていくのを観察して、私は思わず修業不足だったと脱帽したものだった。さらに、また、ナイジェリアへいったとき、ビアフラ政府が徹底抗戦のために蛋白源として人民にアリを食べよという指令を流したと聞かされて、さらに深く脱帽してしまった。趣味においても、必要においても、懈怠《けたい》においても、凝縮においても、〃ニンゲン〃というものはじつにとめどないものだということ、限界のない混沌なのだということを、ようやく、おぼろげながら、したたかに感知させられた。

カナリアの餌《えさ》のようなものばかり食べていたものだから、戦争が終って闇市ができたときは、まさに百花斉放、百家争鳴であった。昨日の昨日まで、あるのはただ通行人の影だけという駅前広場に、ふいに、まるで魔法使いのお婆さんが杖でトンと地面をたたいたら、という文章のあとにつづくものが出現したのである。幼い私にはいっさいが絶望であると同時に驚愕《きょうがく》、虚妄であると同時に氾濫、剝落であると同時に充実であった。大福モチ、カレーライス、肉の煮込み、何やらかやら、煮られ、焼かれ、蒸されるいっさいのものの匂いが全身になだれ落ちかかってくるかのようであった。匂いから匂いへと人ごみを縫うようにして歩いていくと、何しろ緑便をつくることしか知らされていない、いつのまにか徹底的にそう習慣づけられてしまった内臓諸君はふいの華麗かつ骨がらみにしぶとく親密な匂いに出会って、卒倒しそうになってくる。内臓もろともその場にヘタヘタと倒れてしまいそうとなる。もちろん一文なしだからそれらの匂いのトンネルはただ嗅ぐだけで通りぬけてしまわなければならないのである。それも、これも、あれも、これも、絶望であると同時に渇望でもあった。その場で崩れ落ちてしまいそうになりながら影をひきずって——ふりかえってそれをシカと眺めるゆとりもないのだが——ただ、足のいくままに歩いていくしかなかった。

この頃、某日、闇市で出会った中学校の友人がなにげなく、米軍のCレイションに入っているのだというチョコレートのひとかけらをくれたことがある。Cレイションは戦場用の携帯食品の詰合わせであるが、コーンドビーフの罐詰やソーセージの罐詰のほかに桃の罐詰がデザートとして入っていたりするし、タバコが五本にチョコレートが一本、といったぐあいに添えられていたりする。野暮なダーク・グリーンの、レッテルも何もないところは現在でもおなじだが、おそらく当時のものと現在のものとでは味にずいぶんの開きがあるだろうと想像される。私はサイゴンでずいぶんこのセットを買ってきてアパート暮しの夜食やオヤツに食べたけれど、みんながののしるほどまずいと思ったことはなかった。むしろ、たんねんに食べてみれば、いろいろと味つけに苦心の痕《あと》がうかがえたりするのでもある。おそらく私がこれをひいきにするのは闇市で生れてはじめて食べたハーシーのチョコレートの記憶のせいであろう。昔浴びせられたその光輝のなかで、あるいは、〝少年時代〟という大いなる手の影のなかで私はいまでも棲《す》んでいるのだろうと思いたい。私は飢えきっていたし、枯れきっていたけれど、それゆえ五感がいっさい未使用のまま研《と》ぎ澄まされているのでもあった。兵隊のインスタント・ランチのなかに入っていたひとかけらのハーシーを口にした瞬間、何かが炸裂《さくれつ》したように感じられた。ヴァニラ。バター。カカオ・ビーンズ。砂糖。脂肪。蛋白。それらが舌のうえで花火のように炸《はじ》け、一瞬に全身へ沁みわたっていった。まるで音楽であった。のど、胸、腹、手、足、指のさきざきまで、全身の細胞という細胞がいっせいにどよめき、拍手し、喝采するようであった。私は茫然となってしまった。その一片の安物のチョコレートに〝歴史〟が凝縮されているかのようだった。

〝文明〟と〝栄養〟が濃縮されているかのようであった。日本が敗れたのはこれだったと思った。その瞬間にはじめて〝敗戦〟が充実した手ごたえとして、したたかに私を打撃した。

いま私が不安なのは、それほどの飢渇をおぼえる力がどこかにあるのか。ないのか。毎日けだるく、うかうかと暮しているが、ブリュッセルでダーム・ブランシュをしゃくい、パリでフォア・グラ・フレ・ナチュレルをつまみ、香港で酔蟹をすすりながら、恍惚《こうこつ》とも驚愕ともつかない大波にゆさぶりたてられながらそれらを味わったわけではけっしてなかったという事実。これは衰退なのではあるまいか。

ということ。

パンに涙の塩味

太平洋戦争が終った年、私は中学三年生であった。そのあと私は（旧制）高校、大学とすすむことになるが、いつも学校に籍があるというだけで、試験のときのほかはまともに登校したことがなく、ウヤムヤにごまかしてすごした。いまでも学生時代のこととか、何を専攻したのかなどとたずねられると、たいていウヤムヤにことばをにごすことにしている。そうするよりほかにどうしようもないのである。

父が早く亡くなったので、戦中も戦後も暮しがつらかった。母の着物を農村へ持っていって大根やイモと交換する。タンスはたちまちからっぽになる。しかし、農家の納屋へいってリュックにシャベルでイモを入れてもらっても、納屋には何の変化も起らない。牛のお尻から毛を一本抜いたくらいのことにすぎない。けれど家に帰ってみると、タンスはうつろで、母の着物はもう何着ものこっていず、それがなくなったらどうすればいいのか。

敗戦後は飢えと孤独がしみついてしまった。戦中の孤独はどこか爽快さがあり、耐えられたが、戦後のそれは、ひたすらみじめで、よごれ、にごり、いてもたってもいられず、しかも、何の力もあたえてくれなかった。地下鉄の構内の暗がりの水たまりに顔を浸したままのたれ死している男を何人か見たことがあるが、駅員が髪をつかんで顔をあげさせ、その手をはなすと、顔は木か石のような音をたてて水たまりに落ち、そのままうごかなかった。それを見て駅員はその男が死んでいると判断し、どこからかタンカを持ってくるのだった。

これを見て私はふるえあがった。大の男でもそうなってしまうのに、腕も肩も細くて筋肉労働ができず栄養失調でたちぐらみがし、それがこわくて風呂にもあまり入りたがらないでいるような中学生は、どうしたらいいのか。いつかああなるにちがいない。いつか私も町を歩いていて、ふとそのまま崩れ、たおれてしまうにちがいない。餓死の恐怖は寝ていても、さめていても、潮のように私をとりまき、迫ってきた。しかも戦中はみんながみんなおなじ条件におかれて苦しんだが、戦後は弱肉強食、ただ力のあるやつ、他人を踏みたおしたやつ、金と才覚のあるやつだけが生きられて、あとのやつらはただ空のしたに落ちているだけなのである。餓死もその恐怖も徹底的に私個人のものにすぎないのである。このことが私からおびただしい力を奪った。

私は学校へいくのがつらく、とらえようのない憂鬱と恐怖をおぼえた。つらいのは昼食のときになってみんながいそいそと弁当箱をとりだすのに私だけは教室をぬけだして水飲場へいき、たらふく水を飲んだあと、ベルトをギュッとしめあげる。そして三十分か一時間ほどどこかをうろつき、何食わぬ顔で教室へもどる。私はそうやってみんなをダマした

つもりでいたが、とっくに見やぶられていたようである。あるとき、朝鮮人の友人が、廊下ですれちがいしなに、

「メシのかわりに水を飲むことをトトチャブというのや」

という意味のこと、ただそれだけをふいにささやいて、去っていったことがある。

あるとき、いつものようにトトチャブして教室にもどってくると、私の机のなかに新聞紙でくるんだ大きな包みが入っていて、なにげなくあけてみたら、イモ入りのふかしパンだった。その頃はメリケン粉不足をごまかすためにパンにイモを入れてふかすのがふつうであった。フクラシ粉がないと重曹を使うが、それが白くかたまった箇所にいきあたると、ホロにがい。

誰かがそのパンをめぐんでくれたのだった。そうとわかった瞬間にはずかしさとも何ともつかないショックにおそわれ、私は全身が熱くなり、顔が赤くなった。そのまま私はたって、教室からかけだした。すると、友人の一人があとを追ってきて、廊下のすみに私を追いつめ、赤い顔をしてしどろもどろに弁解した。おれの家は父も母も健在で何とかやっていける。君のことを母に話したら、このパンを持っていけといわれた。何もいわずに食べてくれ。まずいもんやが、何もいわずに食べてくれ。よかったらまた持ってくる。

彼は羞恥《しゅうち》に圧倒され、口がもつれ、眼が血走っていた。私とおなじほどに彼は苦しんでいたようであった。私たちは稚《おさな》くて、めぐみかたも、めぐまれかたも知らなかった。わき

まえておくことばも、身ぶりも知らなかった。冬の雨がやぶれた窓から吹きこむ廊下のすみで、二人ともぶるぶるふるえつつ、たちすくんでいた。

このことを私は今年になって出版した小説に書いておいた。また、これまでに二、三度、随筆に書くということもした。けれど、またいま、書くのである。パンに涙の塩して食べる、ということばがあるが、その経験をお持ちの人にならいくらか汲んでいただけよう。

いまは日比谷界隈《かいわい》の乞食がビフテキを食べているといわれる時代で、こういう挿話はディスコミもいいところ。聞かされても若者はただヘェといって困惑するしかないが、私の背にはいまだにそのときの熱がしみついて、消えないでいる。

おそらくこのことがシコリとなったのだと思うが、いよいよ私は学校へいくのがつらくなり、その冬は町の小さなパン屋ではたらいてすごした。たまに学校へいっても、友人と眼をあわすのが苦しく、何となくたがいに眼をそらしてすれちがうようになり、以後、砂粒のようにはなればなれになってしまった。

私は彼のことを思い出すと、あまり例のない感謝をいまとなっておぼえているのだけれど、どうしていいのか、やっぱりわからないで、腕組みしたまますわっている。

もう十年か十一年前のことになるが、東欧から西欧をまわって帰国し、ある日、新宿の三文映画館へ入った。映画が何であったかは忘れてしまったが、ニュースをやったとき、東北の寒村の小学校がでてきた。解説によると、その寒村では児童があまりの貧しさのため、昼の弁当を持ってこられないというのである。そこで先生はどこからか贈られた塩ザケをダルマ・ストーブで焼き、ひときれずつ生徒に配る。机に一枚ずつ半紙がおいてあり、それに先生が箸でつまんで薄い塩ザケをおいていくのである。また、場面がワン・ショットかわると、弁当を持ってこれなかった子が一人、秋の日だまりで、ぼんやり日なたぼっこしたり、ケンケンしたりしていた。カメラを向けられてその子はイジケたような、はにかんだような、ゆがんで薄弱な笑いを顔にうかべ、くるりと背を向けた。そして手をうしろに組み、肩を落として、とぼとぼあてどなく運動場をよこぎっていった。

見ているうちに私は不覚にも崩れてしまった。淡い秋の陽射しのなかでその子が眼をまぶしそうに細め、しなびきった、ひきつれたような笑いを、よわよわしく浮かべる。それが私には正視に耐えられなかった。すべて人の表情は意味の把握に苦しめられるが、この子の笑いは私には痛覚そのものであった。

いそいで私は体を起し、着なれた非情をひきよせ、鎧《よろ》おうとしたが、それより速く涙が頬をしたたりおちはじめた。

いまでもこのような〝チベット〟、〝東北悲話〟がわが国にあるのか。ないのか。私はよく知らない。芝居でも小説でも子役を使った作品はいくら感動しても質そのものは疑っておかねばならないと私は考えているので、このときの涙も疑っている。涙はいいが、質にある安易さがいけないのである。しかし、私に飢餓の経験がなければ、何事も起らなかったかもしれないのである。経験がないと感知できないことが尨大にある。けれど、経験があっても感知できないこと、これまた尨大である。経験には鮮烈と朦朧がほぼ等質、等量にある。この魔性が人を迷いつづけさせるようだ。

II　世界酒のみ修行

罵る

……世界には無数の酒があります。私は酒飲みですからこれまで眼につき次第、手あたり次第に飲んで、誰のためでもなくひそかに研究をしてきましたけれど、まだまだ試めしてないのがたくさんあります。けれど、よくよく考えてみると、そのおびただしい酒のなかでも、あたためて飲む酒となると、グッと数が少くなります。あたためて飲むのが常識や習慣になっている酒、または、あたためたらその酒の美質や特長がありありとあらわれてくる酒。そういう酒はめったにないのです。なるほどフランス人は〝ヴァン・キュイ〟といって赤ぶどう酒をあたためて飲むことがある。ラムは〝グロッグ〟といって、これまたあたためて飲むことがある。ウィスキーは〝ホット・トッディー〟といって、やっぱりあたためて飲む。けれど、こういう飲み方は寒い冬の晩とか、税務署へいったのでゾクゾクするとか、つづけて三晩女房の顔を見たので悪寒がしてしようがないとか、そういう夜に風邪ひきの予防薬代りに民間療法的に飲むものであって、ぶどう酒や、ラムや、ウィスキーはもともとあたためて飲むようにできている酒ではないのです。あたためて飲むのが常識とされている酒はすぐに思いだせるところでは、中国の紹興酒と日本酒ぐらいではないでしょうか。

私は酒飲みでもありますが、旅ネズミでもあります。自宅によほど威圧を感ずるからなのか、旅が好きなのか、それとも糸の切れたタコのような心の持主なのか、しじゅう旅をしています。外国へもでかけていくが、日本国内もよくでかけます。ことに釣りをするようになってからは、地方のあちらこちらに知りあいができました。道楽のつきあいは利害得失をヌキにしての友情ですから、それゆえ純粋で、しばしばファナティックになることはありますけれど、愉しいものなのです。旅をしていると、いろいろの愉しみがありますが、やっぱりその土地その土地で食べたり飲んだりする愉しみが一番大きいし、記憶が永続きするものであると思えます。けれど、日本酒について申上げると、すでにかなり以前から私は何の期待も抱かないようになっています。どこへいってもおなじ味の酒にしか出会えないからです。酒にはふつう甘口と辛口の二種の言葉が使われます。ずいぶん以前に灘の旦那衆の一人から、飲んで飲みあきない酒のことを〝うま口〟というのだと教えられて感心したことがございますが、そういう酒品のある銘柄に思いがけず出会うというよろこび、または期待というものを、とっくに私は放棄してしまいました。この県はダメだがとなりの県には××があるとか、そのまたとなりの県の山よりの町には○○があるとか、海よりへいったら△△があるというような期待もありませんし、知識もありません。知識を持とうという気力がそもそも湧いてこないのです。それでも私は宿に入るときっと夜は飲まずにいられませんから女中さんに全国的銘柄ではなくて土地出来の辛口を持ってきてちょうだい。〝うま口〟といっても女中さんにはわかってもらえませんから、無難なところで〝辛口〟とたのむのですが、めったに出会えたタメシがないのですナ。どいつもこいつもベタベタと甘くて、ダラシがなくて、ネバネバしていて、オチョコを持ちあげたついでに食卓までついてあがりそうなのばかり。飲んで飲みあきないどころか、徳利を一本あけたらそれでいきついてしまって、二本めを呼ぶ気がしないのです。ときどきそういう酒をすすっていると、ブドー糖のアルコール割りじゃあるまいかと思うことがあって、工場の裏口からブドー糖を山積みしたトラックが入ってくるところを想像することがあります。死んだ池島信平さんがいつかどこかでそういう光景を酒造工場で見かけたことがあるらしくて、よく私に話しておられました。だもんだから、よけい、想像が走ります。みなさんをあからさまに侮辱してこういうことを申上げているのですョ。

戦争中に酒造米が不足したのでそれをカヴァーするために日本酒にはアルコールを添加してよいということになり、そのアルコールというやつが、何からとれたものやら得体の知れない先生方ばかりだったが、それで酒そのものがすっかり奇妙キテレツなものに成りさがってしまったのを、八月十五日の御一新があってもいっこうに改めることなく、酒屋も飲みスケも酔えたらいいんだ程度でつくりまくり、飲みまくり、以後今日にいたる。たいていの旦那衆と酒談義をすると、そういうハナシを聞かされる。きまりきっておなじハナシばかりです。なにしろ大量生産方式を旨とするものだから酒造家のことを〝メーカー〟などと味気ないことをいう。大手メーカーとか、灘のメーカーとか。しかもそれを恥としないばかりか、むしろなかには〝メーカー〟と呼ばれることを誇りにしているヤツさえいるというじゃありませんか。レッテルにしかつめらしく〝吟醸〟だの、〝嘉撰〟だのと美しい妻文句がならべたててあるのに当の旦那は〝メーカー〟だとおっしゃる。なんで〝うまロ〟をつくらないのです。アマロなら一本でいきついてしまうが〝うまロ〟なら飲んで飲みあきないのだから商売としてもそのほうがいいのじゃないか。いまの醱酵化学の技術をもってすればやさしいことじゃありませんか。旦那衆にそうたずねると、やさしいことではないけれど、やってやれないことはないし、やればできるとわかってる。けれどこれまでの習慣をこわすのがこわい。メーカーも、小売店も、こわい。お客に味が変ったといわれるのがつらい。そこです。と、こう、おっしゃる。私にいわせると日本酒をここまで堕落させたのは酒税局と、メーカーと、そいつらをそのままで許して黙って飲んでいる飲みスケども、つまり官民こぞっての責任であります。飲みスケどもはブドー糖のアルコール割りに慣れてしまって、ただもう酔って、タハ、オモチロイと口走り、こんな酒品のない酒が飲めるかとつきかえすほどの気概もなければ、自信もない。飲み屋へきたら酒はサカナにすぎなくて、ひたすら上役と女房の悪口をいうのに精いっぱいです。なかにはキザな吟味を並べるヤツがいるけれど、これまた聞きカジリか読みカジリかの半可通で、あくまでも自分の舌にたってモノをいうというのではない。銀座の名の通った店へいって薄手のオチョコでつがれたらそれだけのことでマヒしてしまう程度の舌でしかないのに、ヘリクツばかりこねやがる。味覚は主観にすぎず、偏見なのであるから、ブドー糖のアルコール割りだろうと、粒選り米の粒選り水の吟醸嘉撰だろうと、そのときその場でうまく飲めさえしたらいいのだというマカ不思議な鉄則はありますけれど、それをその通りだと認めたうえで、なおかつ、にもかかわらず普遍の酩酒というものはあり得るし、あらねばならない。あってほしいというのが私の立場です。

味覚と嗅覚には無数の段階があります。記憶、経験、主観、偏見、演出、無数の要素によって好悪が一瞬に決定されます。どんな名酒、どんな名香水も、その日のお天気次第という不確定要因からまぬがれることはできないのです。けれど、よく考えて頂きたいのですが、もし不確定要因だけにたつならば、名酒というものも、名香水というものもあるはずがないのです。酒のいい飲み手、香水のいい聞き手といわれる人びとはおそらく無限の個なる不確定要因を飲みわけ、嗅ぎわけ、洞察しぬいたあげく、それらの一つ一つの酒なり香水なりのおかれる場所や時間のことを考えているにちがいないし、飲まれたりふりかけられたりするときの、どういう経験や、教養や、人格や、好みを持つ人物たちがこれらの主人公になるのだろうかということについて研鑽があるはずでしょう。これらは容易にコトバに翻訳できるものではありませんし、形にして示すことができるものでもありませんから、ときどき私は、酒や香水のブレンダーというものは作家や彫刻家や音楽家よりもはるかに人間とか同時代とかを一瞬の直感でつかむことのできる狂人だと思って尊敬することがあります。作家がコトバでヘリクツをこねると、それが不可解であればあるほど有難がられるということもあって、しばしばたいそうな議論が起るのですけれど、ちょっと時間がたつか、その作家が死ぬかするとたちまち忘れられてしまうというのが現代です。けれど、酒や香水は鬼才や天才よりはるかに永く、広く、深く、舌なり鼻なりを通じてですが、男や女をとらえます。とらえていきます。そして、のこっていくのです。

〝甘口〟、〝ベタロ〟、〝ウマロ〟の話にもどりますが、私にいわせると、だいたい、甘いというのはあらゆる段階の味覚と嗅覚のなかで、もっとも幼稚なものではあるまいかと思うのです。おなじ甘いといわれる甘さのなかにも無限の変化があって、アンミツの甘さもあれば極上の玉露の甘さもあるでしょう。けれど、総じていえば、甘い味は舌をくたびれさせ、拡散させ、正体を失わせてしまう味です。ヘリオトロープを入れさえすれば日本では香水になったし、それがベスト・セラーになったという時代が永くつづきました。おそらくそれはミツマメ屋やアンコロ屋がいつまでも女学校や盛り場で繁昌するというのと一致しているはずであります。甘い酒が何杯も飲めないのはドブロクの弟分である甘酒がいくらショウガで殺してあっても二杯と飲む気がしないという事実をあげるだけで十分でしょう。日本酒は戦中のアル添以来、一貫して総崩れに崩れて甘い酒ばかりをつくってきましたけれど、歯ミガキ、ヘヤトニック、シャンプー、アフター・シェーヴ・ローション、オー・ド・トワレ、その他、その他、無数の味や香りが、甘くない味、ひとひねりひねった味、革の手袋や森の苔や、そういうところに深いヒントを得ている含み味、かくし味、殺し味がこうもあっちこっちであらわれはじめ、歓迎されはじめるようになっているのに、いつまでも酒だけがブドー糖のアルコール割りでやっていけるものでもないでしょう。

あなた方は怠慢だったのだ。酒を作りさえすれば売れるというので、いい気になっていたのだ。古きを学ぶが新しきも知る。温古知新の精神を捨てたままでいたのだ。だから気がついたときには某ウィスキーの黒い、撫で肩の、ロのところが赤い瓶にスシ屋、割烹、小料理屋、お座敷、おでん屋を問うことなく総ナメにやられてしまい、いまや、野球が日本のナショナルゲームとなってしまったようにウィスキーがナショナルドリンクとなってしまったのだ。これ、ことごとくあなた方の怠慢のゆえである。世界でも稀有《けう》な特質と美質を持つ日本酒をあなた方がアクビ半分で商売してノウノウとしているうちに、飲みスケはバカだけれど正直だ、時代の味を見ぬいたウィスキーにコテンとやられてしまったのだ。そういう古今未曾有の事態を招いてしまっていながら日本酒屋の反撃、反攻がいっこうに見うけられないのはどうしたことでしょうか。あなた方が誇りを忘れてしまっているらしいという気配はとっくにあらわれていたけれど、いまや恥を感ずることもできなくなったのでしょうか。売れたらいいという精神、その程度の心を〝精神〟と呼べたらとしてのハナシですが、そういう心でやったものだから世界でも稀有の日本酒をあなた方がこういう状態に追いこんでしまったのだ。私のところにはときどき外国人が遊びにきますし、その人たちはうまい酒なら何でも飲むという開けた心と舌を持っていますが、はずかしいけれど私は彼らにどんな日本酒をすすめていいのかわからないので、ウィスキーをだしてしまいます。何といったって、これは恥ですけれど、どうしようもない。

どんな家に住んでいるかを見たら、その人のことがわかる、というコトバがあります。どんな友人を持っているか。それを見たらあなたがわかるというコトバもあります。どんな本を読んでいるか。それを見たらあなたがわかるというコトバもあります。こうかさなってくると、どんな酒を飲んでいるか、それを教えてくれたらあなたがわかる、ということもいえそうです。いささかの誇張は感じますけれど、まずまずそういっていいのではあるまいかと思うのです。けれど、卒直にいって、いささか酒をたしなみ、いささか人生についてわきまえるところがあり、いささか人間性について知るところのある人、そういう人にむかって私は台所にある平均的日本酒をさア、どうぞといってすすめる気にはとてもなれないのです。そのことをはずかしく思います。けれど、こんな三文酒を飲んでいるのかと思われたくない虚栄心があるし、二、三の地方の県にははずかしくない酒もつくられているということを私は知らないではないけれど、ただそれらがいかにも特殊例外的でありすぎ、稀少でありすぎる、そして、私の自宅の台所に存在しなさすぎるという理由から、結果としては、ウィスキーをすすめてしまうということになります。現代はどんな意味でも恥を知らない時代ですけれど、あなた方がとりわけオトコとして、ドリンカーとして恥を忘れてしまったので、こういうことになります。

日本酒の酒造家ばかりのある集りでおおむね以上のような骨子で講演をした。いいたりなかったことをちょっと補い、いいすぎたことをちょっと削って要約して書いてみたらこうなったのだが、その夜、あるお座敷へいって聴衆の一人であった一人の伏見の旦那にそれとなく意見をたずねてみたら、〝叱りかたがたりない〟といわれた。

もどる

酒の話をもうちょっと。

いわゆる〝戦後〟と呼ばれた時代はひどい金詰りだったので、社員にまともに現金で月給を払えない会社が多かった。そこで会社によっては月給のうちの不足分を〝現物給与〟でカバーするところがあった。自社製品を社員に配給し、社員はそれを闇市へ持っていって現金にかえるのだった。コンドーム屋さんはコンドームを、アルミ屋さんは鍋を、というぐあいである。闇市にはそうやって流れた品物がずいぶんたくさんあふれていたのである。私がコピーライターとして働らいていた寿屋という洋酒会社ではこれを組合がやった。組合で市販の自社製品のほかに『ローモンド』というウィスキーをつくり、配給券を社員に配るのである。平社員で月に三枚、重役で五枚というところ。その配給券に三〇〇エンをつけてだすと組合が売ってくれるのである。市販品ではないので飲みスケにはたいそう評判がよかった。正体は二級ウィスキーなのだが、瓶もレッテルも洒落たもんだった。『ローモンド』というのは《おお、うるわしの、ロッホ・ローモンドよ》と歌にもあるスコットランド高地地方の湖《ロッホ》の名である。

何しろ組合員がつくるのだからブレンドがまちまちで、オールドの味がするのもあれば白札の味がするのもあり、栓をあけてみるまではわからんのやという伝説があった。まるでぶどう酒みたいな話で、あとにもさきにもこんなウィスキーは聞いたことがない。なぜそんな伝説ができるかというと、工場でオールドを瓶詰したときにちょっと残りがでるとちゃっとローモンドにまぜよる。白札の残りがでるとそれまたちゃっとローやんにしてしまいよる。だからローやんはそのときどきで味が変る。まるでカメレオンみたいな話であるが、そこがローやんのうれしいとこや。先輩社員はそんなことをいって新入社員をワクワクさせるのであった。

芥川賞をもらって小説家になった当時私はまだ寿屋の社員で、その頃もローやんは健在であった。そこで私はあるとき二、三本を紐でくくって遠藤周作氏のところへ持っていき、おきまりの講釈をひとくさりやってから

「……だからこの瓶がどんな味がするのか、飲んでみるまではわからない。いいともわるいともいえない。とにかく非売品。どこでも手に入らない。マ、やってみて下さい」

といってさしだした。

遠藤氏はその頃はまだキツネ・タヌキ屋という看板をあげていず、むしろ梅崎春生氏などにかつがれていたほうだったのだが、さっそく吹きに吹いたらしく、後日、梅崎氏とバ

ーで会うと、あなたは社長の自家用の超A級のウィスキーを持っているらしいけれど、一本ぜひとも飲まして下さいとネダられ、かえって私のほうが狼狽してしまった。

寿屋の社員だからといってみんながみんな飲みスケではないのだが、新入社員の特訓用にはたいていローやんが使われた。柳原良平などもこれでこっぴどくシゴかれて手が上ったロである。私は彼と二人でこのローやんでイタズラをしたことがある。ナベちゃんという冴えない顔つきのバーテンダーが大阪のキタの曽根崎裏あたりで屋台のバーをだし、タコ焼をサカナにしてハイボールを売ったろかと思いまんねッといいだしたものだから、私たちは妙案だと思って感心し、トレイだの、コップだの、カクテル道具だのを寄附した。ナベちゃんはバーテンダーだというけれど道路人夫のように日焼けしたおでこで、髪も肩も薄く、どこか月足らずのようなところがある。それがチビた下駄をはいて、ゴロゴロと焼きイモ屋の屋台に手を加えたのをおしてきて、曽根崎病院の塀のところにすえつけ、欠けたミキシング・グラスだの、メッキの剝げたロング・スプーンだのを並べるのだった。私たちは彼にローやんやほんとの自家用のゼネラルだのを寄附し、それからバーテンになってみたり、客になってみたりして飲みに飲んだ。はじめはサクラになって客を寄せ、景気づけにやってるつもりだったのだが、そのうち少しあたたかいナベちゃんも浮かれはじめる。毎夜そんなことをつづけたので、いつのまにか、ナベちゃんは消えてしまった。屋台をゴロゴロとおしてくる姿が見られなくなった。屋台バーのカーネギーになりまんねッと張切っていたのに、ドンブリ鉢は沈んでしまった。

ウィスキーの宣伝をしていたら毎日タダで飲めていいだろうな。ときどきそういうことを人にいわれるが、とんでもない。会社の机のうえにはなるほどウィスキー瓶がいくらでも並んでいるし、ときには手をだすこともないではないけれど、オフィスで飲む酒ほどまずいものはないのである。それに、映画を試写会で見るのとおなじで、タダの酒はあまりいい味がしないのである。やっぱり血涙をのんで身銭を切らないことには飲んだ気になれないものである。酔えばおなじだろうなどという暴論を吐くやつはちょっとでていってもらいたい。

そこで飲むとなると、やっぱり安サラリーマンだからトリスバーかサントリーバーへということになる。毎夜チクとやらないことには電車に乗って御鳴楽《おなら》の匂いにむせつつ家まで帰っていく気力がでてこない。で、バーへいくと、おきまりのように一杯が二杯、二杯が三杯……ということになり、あげくレロレロ。吐いたり。ころんだり。電車を乗りすごしたり。駅のベンチで寝たり。風邪をひいたり。翌日は心身両面の二日酔いでゴミ溜めに寝ているよう。月末になるとツケがまわってきて皮膚をムシリとられる思い。自分が宣伝している酒、それも重労働だから半ば以上ヤケクソになって宣伝している酒、それをバーで、金をだして飲んで、ころんで二日酔いになってとくるのだから、たまったものではない。これくらいバカな酒の飲みかたってあるだろうか。考えれば考えるだけ荒涼となってくる。かといってやめられるものでもなく、連夜、愚行の輪をつなぎつづけた。

おそらくどこの会社でも大なり小なりおなじではないかと思うが、宣伝部と営業部は仲がわるいものである。商品が売れて景気がいいと両者とも沈黙していて、めいめい肚《はら》のなかでオレの腕がいいからだと思っている。けれど一度雲行きがあやしくなりだすと、めいめい廊下や、トイレや、会議室や、さては酒場ででもモメはじめる。宣伝部にいわせればせっかくオレたちが大砲を射ってるのに営業部の販売店工作がまずいからだめなんだというこことになり、営業部にいわせるとせっかくオレたちが販売店から掛金を回収してきても宣伝部のやつがバカスカ浪費するんで焼石に水さということになる。ある物が売れるか売れないかをキメる要素は無数にあり、それぞれからみあって効奏するのだから、一つの要素だけをとりだして独立的に排除して論じたり、ウヌボレたりなどはできないことなのである。それはまったくそのとおりなのだが、昔小林秀雄氏が、ウヌボレのないやつに芸術ができるものかといった言葉は芸術以外の人事万般にはたらく定理でもあって、めいめい内心ひそかに自己陶酔を抱いている。

Tウィスキーがヒットして、売れて売れてどうしようもないという結構なことになってきたとき、ある日私はある筋に手をまわして当時のアメリカの一流といわれるコピーライターの年収や、待遇や、生活ぶりを調べてみた。それを同国最大のウィスキー会社であるシーグラム社に適用して考えてみた。つまり私がかりにアメリカのコピーライターであったとして寿屋のためにやったのとおなじぐらいの効果をシーグラム社のためにあげたとしたらどれくらいの生活ができるだろうかと考えてみたのである。アホウなことを考えたものだが、過労のあげくのやけくそというものである。

ニューヨークにペントハウス。
マイアミあたりに別荘が一軒。
自動車は常用・家族用・スポーツ車の三台。
年に三カ月の休暇。パリあたりで。
ひょっとすると自家用飛行機が一台。

ペントハウスも自動車もそれぞれ一流クラスのもので、別荘にも腎臓型の淡水プールがつき、休暇も電報や電話で中断されることない生無垢のやつである。
その頃、寿屋の東京支店は茅場町のゴミゴミした裏通りの運河沿いにある木造二階建で、ちょっと見たところでは二流の保険会社の場末の出張所みたいな家であった。夕方になって東京湾から潮がさしてくると、夏など、名伏しようのない悪臭がたちこめた。運河にはギッシリと団平船が浮かび、帆柱という帆柱にオムツがひるがえり、おかみさんがへさきのあたりにしゃがんで米をといだり、洗濯をしたりするのが見られた。そして毎日、正午になるとオデン屋がプオーッとラッパを吹き吹きやってくる。それを聞きつけて近所の印刷屋のおかみさんやオートバイ屋の娘さんなどが手に手に鍋を持ってかけだす。私たちもやおらペンをおいてたちあがり、ガタガタ音をたてて木の階段をおり、埃っぽい冬風のなかにたってツミレだの、アオヤギだのの串をつまむのである。その頃でアオヤギが一本五エンだったたか。一〇エンだったたか。

「ニューヨークでペントハウスや」

「…………」

「別荘はマイアミやて」

「…………」

「自動車は三台あるんやで」

「…………」

「飛行機もある」

「…………」

「休暇はパリでっか」

「…………」

「それとも今年はローザンヌあたりにするか」

「…………」

柳原良平や坂根進とそんな立話をしていると、つくづく悪い国に生まれてしまったと思いたくなるのだけれど、あまりに違いすぎて絶望の手がかりもないのである。むしろアオヤギのダシのしみぐあいばかりが気になってならなかった。

『洋酒天国』というプレイ雑誌を出版するようになったのは空前のトリスバー・ブームの前兆期で、トリスを売ってくれるバーを援助するのに何かいい手はないかと考えているうちに思いついたことだった。その頃は現在のようにレジャー雑誌やプレイ雑誌が何もなく、鶴屋八幡の『あまカラ』が食味随筆誌として一つあるきりだった。そこでこちらは食のほかに女、香水、ギャンブル、シャンパン小話など、要するに洋酒の瓶のまわりにありそうなすべてのものをとりあげて編集していこうと考え、『エスクァイヤ』や『ニューヨーカー』などを手本にすることとし、ずいぶん両誌を読んだし、カクテルやワインの本も読みあさった。この『洋酒天国』はトリス・バーかサントリー・バーにしか配給されず、ふつうの書店では手に入らない。バーも日頃からなじみになっておかなければ部数僅少につきおことわりということになる。そこで私は新聞、雑誌、週刊誌、ラジオ、テレビのCMなどを一人で書きまくる従来の仕事にさらにこの雑誌のための原稿を書かねばならなくなり、出張校正の徹夜、原稿とり、ときには、いや、しばしば読者の投書欄も自分で書いたりなど、へとへとに疲れる毎月であった。そして、その頃はまだ外貨事情がわるくて輸入酒の数もタカが知れていたから、飲んだこともない銘酒の数かずをさも飲みあいたような、知りつくしたような、飽満したエピキュリアンの豊饒《ほうじょう》な倦怠の文体をよそおいつつ書かねばならなくなった。そのため、のちに小説家になったとき、私はよほどの酒通、食通、西洋バクチ通かのようにとられたことがあったけれど、あいかわらず昼はアオヤギを食べ、夜はトリス・バーで水っぽいハイボールを飲んでころんでいるのだった。

友人と二人してバーのカクテル・リストに出ているカクテルを上から一つずつ飲んでみたことがある。何品飲んだかは忘れてしまったけれど、しまいに眼が見えなくなり、体が泥になってしまった。こんなアホウな飲み方も若いうちの渇きのなかでしかできないけれど、ずいぶんたくさんのカクテルを自分でも作ってみて、結局、ドライ・マーティニだけがいいとわかった。それ以後はこれしか飲まないし、諸外国を流れ歩いても黄昏どきになると夕食のまえにこの一杯を飲むのが習慣のようになってしまった。そして、ひとくちにドライ・マーティニといってもじつに微妙に無限といってよいほどの変化があるものだとわかった。西洋でも一人前のドリンカーは辛口を好むのが常識だから、もともとマーティニはドライ・ジンとドライ・ヴェルモットを混ぜたうえにビターーズを一滴ふりこむという処方が出発点だったのに、ヴェルモットは瓶の栓をぬいて匂いをかぐだけのチャーチル方式だの、何だのと、もっぱら冷徹、澄明、無味の味、深みのある単純が追求されることとなったようである。

このマーティニも、スコッチも、コニャックも、ぶどう酒も、日本酒も、茅台《マオタイ》酒も、すべて酒をその性格にあわせて洗練、円熟を追求していくと、結局、登場してくるのは清水である。澄みきった、冷めたい、カルキも知らなければ鉛管も知らない山の水である。これは何度書いておいてもいいことであるように思う。舌にのせて水のようにするするとノドへすべっていくようなら、それはどんな原料の、どんな製法によるものでも、いい酒なのである。たとえあのドブロク、マッカリ、〝熊《くま》ン乳《ち》〟のたぐいであっても、もし丹念につくったものであるなら、きっとどこかに水のなめらかさと謙虚さがあるはずである。人間は人智と技巧のかぎりをつくして、自然にそむきつつ自然にもどっていく。豊満な腐敗、混沌たる醱酵、円熟の忍耐を通じて水へ、水へとめざしていく。そうでなければならないし、そうなるしかないのでもあり、無技巧が技巧の極なのだと暗示されるようである。

あなたはどの段階におありかな。

世界の酒飲み修行に出かける

一度、二人でビールの勉強にいこかと佐治さんが誘うたので、サントリービールができるまえにビール行脚にでかけたことがあった。これは悲痛でトボケた旅行やった。ほぼ三カ月デンマークのコペンハーゲンをふりだしに、スウェーデン、ノルウェー、それから西ドイツ、フランス、イギリス、明けても暮れても毎日毎日朝十時から夜の十時までビールばかり飲んでた。もう果てしなく飲む。朝の十時にホテルを出る。ビールの工場というのは郊外にあるのが多い。特に北欧はみなそうだ。それで郊外のビール工場へつくと、これが輸出用、これが国内用、これが病人用、これが婦人用、これが子供用、これが老人用、ズラズラとビールが並ぶ。それをひとつずつ飲んで、「やァ結構なものでございます。勉強になりました」といって、また自動車で次の工場へ行く。また輸出用に国内用に、病人用に婦人用スタウトにピンクと、こう飲んで、「やァ結構なものでした」というてまた次に行く。毎日毎日明けても暮れてもビール飲み。そして日本へポッと帰ってきて、日本のビールを羽田の空港で飲んだら、これが雑巾《ぞうきん》臭くてやりきれない。十日もするとまた日本のビールもうまいというふうに変わっていったが、官能は脆《もろ》いね。これはサントリービールや純生のなかった時代の話でアル。

ポーランド人も、酒よく飲むなァ。あんまりよく飲むので、土曜日の晩はウォッカを売らないという法令が出ていた。それでも葡萄酒だけは売っている。何故だときいたら葡萄酒なんか酒のうちにはいらないんだそうだ。ポーランドは酒飲みでスケベエだから——大酒とスケベエと両立させるんだから、これはたいしたものだ。美食と好色は両立しない。二つのうちどちらか一つだよ。だから、物の味のわからない奴ほどスキモノなんじゃないか。ポーランドには美少女がいる。ナポレオンがよろめいたぐらいだからネエ。スラブでなし、ゲルマンでなし、むしろどちらかといえばパリジェンヌに近いタイプの、握手すると手が冷たくて、それでいておっぱいがいい。やせ型でいて、蜂の腰でしてね。田村泰次郎と奥野健男の両名はワルシャワ・ホテル前の広場で何やらジャンケンポンをやったそうだよ。

それが土曜日の晩は飲んじゃいけないというから、金曜日は酒屋に行列ができて、土曜日の晩はやっぱり酔っ払って町の電信柱にしがみついているのがいる。へべのれけが、フーラリフーラリ。俺はポーランドが断然好きだ。その聡明、その激情、その憂愁。しかもポーランドはウォッカも捨てがたい。もちろん本場のロシアのウォッカもうまい。ところがロシアやポーランドのウォッカを日本へ持って帰ってきて飲むと、ちょっとしか飲めないんだね。分量が進まない。それは一つには、向うは空気がものすごく乾燥していて冷たい。だからどんどん蒸発してしまうんだ。冬の晩ともなれば、雪がドカっとくる。ひとなでその雪に頬っぺたをなでられたらいい加減、酔いも散ってしまう。日本は湿気が多い、重い。そこへ酒の肴《さかな》になるものがオッで淡白で弱い。酒のあとはお茶漬とくる。向うはでっかい肉やら骨つきやら、油っこいものやら、ともかく下品なものばっかりたくさん食べる。日本ではウォッカは飲めませぬ。

ドイツは西ドイツだけだが、ほとんどビールばかり飲んで歩いた。しかしドイツでは、朝から赤い顔して歩いてると恥かしいような気がした。ドイツ人は勤勉で働くからね。

ところがドイツの女にはへんな色気がある。ドイツの色っぽさというのは、パリのようなああいう種類の色っぽさとちょっと違うのだ。まなざしのごとくすばやくたわごとのごとくからっぽだという趣きがパリの恋愛にはある。或る種の現代文学そのままですナ。

ところがである。ドイツのエロはドシーンとくるんだ。エロを〝ドシーン〟と表現するのも妙なもんやがそういう趣きが濃厚なのや。

だからこういうのにつかまったら森鷗外じゃないけれどもつらいぞ。いってみれば泥道をこけつまろびつついてくるというようなところがある。しかも甲斐々しいとか単なる世話女房とかいうわけではない。世話女房がエロを発揮するからこまるんだよナ。骨がらみなんだ。深刻なんだナ。ドイツのエロというのは……。ドイツ語は馬のしゃっくりとフランス人は嘲笑《ちょうしょう》する。アッハ、ホッホ、イッヒなんて、ぜんそく患ってるみたいに聞えるという。われら日本人が発音すれば、たしかにぜんそく病みが産気づいたようにもきこえよう。

しかし西ベルリンのクアフュルシュテンダムね、ああいうところをかわいこちゃんが、たそがれどきにそぞろ歩きしているドイツ語を横できいてごらん、その深刻なエロいうやつがドーンと心臓にぶつかってくるよ。

それからナ、おばさんにかぎって深刻なエロ味を発揮するのがいるの。ホテルのマダムとかレストランのマダム、それからワインセラーの番人のおばさんとか、こういうのが酒を持ってきたりするときに、片言のドイツ語をこっちがやるでしょう。その腰のあたりから、コルドバの春の牧場の牝馬の尻みたいに偉大なおしりから、ものすごいエロがたちのぼるの。トロッケンベーレ・アウスレーゼの清淡にしてかつ円熟というのをやりつつその腰を眺めていたらムラムラとくるよ。パリジェンヌの腰からたちのぼるエロというのはわかりますよ。パリジェンヌは羽毛でなでてくれますよ。しかし、ドイツのはちがうんだ。

メッテルニッヒがハプスブルグ家からもらったシュロッス・ヨハネスベルクという荘園へいって壺入りの白ぶどう酒を飲んだことがある。渓谷とぶどう園を見おろす涼しいテラスで飲んだ。そのとき酒つぎにでてきたマダムね。これがゲルマン女族のエロをたてていたな。忘れられない匂いがあった。あの腰のなかには何があるのや?

パリは夜になると海の底かジャングルの中にまぎれ込んだみたいな深沈とした静寂が訪

れる。ほんとうに石の森という感じの静寂がね。俺は都会というものはああいうものだと思うんだ。夜のパリを歩いていると、ここには妖怪変化が住んでいるという気がしてくる。東京はミミズに三本毛が生えたくらいの妖怪変化ぐらいの感じはあるね。チンピラ変化や──それですぐ尻が割れてしまうね。

まだサイゴンの方が深いぞ、妖怪変化からいけば。サイゴンというのは一歩裏へ出たら、母なるメコン川がとうとうたらりと流れていて、藁小屋の中に豚が入ってきて、そこの横で人間が寝ているというありさまなんだが、あそこにあるデカダンスとなると東京のデカダンスよりもなお根が深くて、骨まで腐っている。日本はまだまだはるかに健全です。こんなに人間がひしめいていては疎外もクソもあるまい。疎外、疎外とみんなは思いこみたがっているだけじゃないのか。本音を吐かしてごらん。ただ気の弱い常識的社交人なんだよ。

さてそのフランスの葡萄酒の味となると、これは無限にあってどういうふうに言っていいかわからないが──。葡萄酒には三つの香がある。アローマ、ブーケ、それからフレイバー。アローマは葡萄そのものの葡萄の中にある香り。ブーケはその葡萄が醸造され、ビンに入れられてからできた香り。最後のフレイバーは口に含んだ時口の中にポッと出てくる香り。それは味わう人の口の中、舌にある。女もそうやろ。楽器はひき手次第やからね。いくら何とかシュタインのピアノでも、ひき手の問題ですよ。

パリに行った時、俺ははじめ生意気だった。つまり酒に関してもいっぱしのつもりだったから笑止である。フランスのいい酒は、だいたいシャトォ・何某というのがついている。シャトォ・イケームとか、シャトォ・ラフィットとかね。水道の水のことをもじって日本でも鉄管ビールなどと昔いったけれども、フランスではシャトォ・ラ・ポンプという。ポンプというのは水道のことなんだ。それでぼくはパリでめし食いながら「葡萄酒は何になさいます?」とギャルソンがワインリスト持ってくるじゃない、革の。俺は悠然とかまえてリストを見てるようなふりするんだけれど、目がチラチラして何にも見えやしない。それでもえらそうな顔してシャトォ・ラ・ポンプというてやったら、ニヤリーと笑ってペラペラ早口で何かしゃれのめしている。いや、いるらしいんだが、何にもこっちにはわからない。顔があかくなるのをワインリストのかげで隠していた。それからは、もうこんなキザな真似はやめようと、その日以後ふっつり思い止まったんだ。

葡萄酒はむずかしい。はじめからシャッポをぬぐことだ。俺の料理に合わせて酒を持ってこいということや。そうするとこちとらの人品骨柄、財布の中身までちゃんと見ぬいて、おっさんが持ってきてくれる。後で勘定みると払えるような酒を持ってきてくれてるんや。いや全く恐れいる。だから俺は葡萄酒はその後選ばないことにした。

おそらく日本人でフランスへ行って葡萄酒を選べる人は殆んどいないと思う。たまたま飲んだ酒がうまいからその酒を、という形で選ぶことのできる人は多いかも知れないけれども、いきなりその店のワインリスト出されて、何年ものの、どこそこの畠の南斜面の葡萄酒をというようなことをいえる人はまずいない。

ワンマン吉田茂にいわしたら――ウィスキーでも麦の年によってうまいまずいがあるというんだが、ウィスキーは麦を醱酵させて蒸溜させてねかせて、それからブレンドしたものだから、吉田先生いささかフイているんじゃないかと思うね。

ストレート・モルト・ウィスキーについてそういうならばわかるような気がするけれども、普通のブレンデッド・ウィスキーで、たとえばジョニーウオーカーの瓶を指して、「うん、これはあの年の大麦の出来はよかったからな」というようなことをいう、これはちょっと官能的、理性的、経験的にウンといえないね。

ウィスキーといえば、ロンドンへ行ったときは、ストレート・モルト・ウィスキーにお目にかかった。いまのウィスキーというのは、全部オーケストラみたいなブレンデッド・ウィスキーですけれども、ストレート・モルトというのは樽でたくわえたやつを直接まぜものしないで生一本で出してくれるというやつ。プライベート・ストックとかプライベート・ブリューと呼ばれてるのにもこれがある。ほんの僅かの通のためにビン詰して出している。それを俺は、喜び勇んで買ってきて飲んでみたけれども、田舎紳士というのはこういう味のことなのかという連想が起っただけで、どうもあの土俗の匂いは好きになれなかった。ブレンデッド・ウィスキーの華麗なオーケストラのほうがいい。

珍しい酒を飲んだのはブルガリアであった。ブルガリアにはマスティカという酒がある。これは水で割って飲むとよろし。はじめは何だろうと思ったナ。でっかいゴブレットになみなみついで持ってくる。飲んでみたらペルノーの味がするんだ。ペルノーというのはアブサンの香りをつけた酒ですよ。杏仁のような味がする。茴香《ういきょう》の味だね。アブサンといえば、生のアブサンというのはヴェルレーヌが飲んでアル中になったアレです。苦《にが》ヨモギのエッセンスが入っていて、それが脳を破壊するから、フランス政府は一世紀ほど前に製造を禁止してしもうた。だけどその酒が恋しいというので、味、香りはそっくりだけれどもアブシンチウムというものが入っていないアブサンというものをつくった。それがペルノーなんですよ。

「ペルノー飲んだらインポになるで」

「なんでや」

《ジュ・ペル・ノ・フィス》といって《息子を失う》……つまりインポになるんやそうだが、これは真偽のほどはさだかでない。

そのペルノーにそっくりな味がするんでこのマスティカはペルノーだといったら、

「ペルノーじゃない、あれはアブサンのイミテーションである。これは紳士のミルクである」

謹厳実直な社会主義国で本物のアブサンを売っている。ブルガリアは珍しい国やなと思った瞬間に、それが頭へドーンときいてきまして、目が覚めたら朝で、空港のホテルで寝てました。全然前後不覚になってしまった。あの酒はよく利きましたな。大きなゴブレットになみなみと冷たい水で割ると、エッセンスがギラギラ上に縞目になって輝いているんです。日本へ帰ってからモノの本でしらべたらマスティク木の樹脂を入れた酒やということやった。

これに似た同系統の酒では、やっぱり中近東やらトルコで飲んでるアラックという酒がある。北原白秋が「アラキ、チンタの酒など」とうたっているあのアラックというのもマスティカや茴香酒の一族や。やっぱり薬臭い味がするねん。

しかしサイゴンみたいなねっとり暑い黄昏時には、ペルノーの冷たさと茴香の鮮烈はええもんやデ。おれはオボレた。いつもサイゴン、サイゴンとクドイようやけどな。カンニンして。

イスラエルも葡萄酒があるのかと思って買いにいったら、みんな聖書の名前がついている。カルメル山とか――、あんまりうまくはないけれどもまあいけるんだ。そうしたらイスラエル人は、

「われわれは酒飲まない」

「どうして飲まないんだ」

ときくに、

「われわれは祖国の建設に忙しくて酒飲んでる暇がない。しかしあなたは旅行者だから大いに味わっていって下さい」

そういわれるとシュンとしちゃって、こっちは飲む気がおこらなかった。あれはものすごく働く国民ですよ。必死で働きますよ。砂漠を緑に変えるし——だからまわりにいるアラブ人に憎まれるんですよ。働きすぎる人は憎まれますよ。

それからハンガリアの葡萄酒でトーカイというのがあります。俺はハンガリアに行ったことないけれどもロシアでトーカイを飲んだ。これは一ビンの重さと同じだけの重さの金を払って、昔の王様が買って飲んだという酒である。仮りに一ビンが三〇〇グラムだとすると喜んで三〇〇グラムの金で購《あがな》うくらいの名酒で、トカイエとも呼ばれている。いわばハンガリアの最高級の葡萄酒の一つで、性格の強い葡萄酒です。夕日のなかへ照らしてみるとグラスの中で金色に輝く酒である。うまいネエ。やっぱりハンガリア人の性格をよく現わしているんじゃないか？

酒に人が似るのか、酒が人に似るのか……。どんな本を読んでいるかいうてくれたら、あなたの性格がわかるとか、どんな友人もっているか友人のことを語ってくれたら、あなたの性格がわかるとか、まあ当てずっぽのいろんないい方があるがどんな酒が好きかそれをいうてくれたら、あんたの性格をいいましょう、ということができるかもしれない。

……などと酒の話ばかりしてたら、エエ機嫌になってきました。スペインのサングリア、ギリシャのウーゾ、メキシコのテキラ、中国の茅台酒、その他もろもろあるけれど、ここらで酒の武者修行は打ちどめや。

はじめての給金は「ウイスケ」

さて、戦後は電力が不足で、昼は家庭用にまわるが夜は営業用といって工場にまわされる。だから街は、夜は停電でまっ暗。冬はサムク冷たい。腹はひもじい。めしがないから水ばかりのむ。

ある日、町を歩いていると、パン焼見習工募集という紙きれが貼ってあった。そこで中学校へ通いながら夜はパン焼工場へ行った。ここではパンはいくらでもたべられる。電灯はある。本は読める。暖い。もうあらゆる条件が完備していたので、きわめてたのしかったけれども、俺は童貞を失った。そこのパン焼工場のおかみさんは、若い戦争後家で、海軍から復員したおとなしい弟を使って、女手ながら天晴れ工場を動かしていた。青白い顔をしていたけれども、頬っぺたはポチャポチャとしていた。工場は電気がきてる間にパンを焼かねばならないので、しょっちゅう徹夜をする。徹夜仕事をしたあとはヘトヘトに疲れているにもかかわらず、人体というものはえてしてムラムラという状態におかれておるネ。その道の技術用語では〝生疲れの若立ち〟というてるワ。読者諸賢も経験がおありだろう。ある明け方、気がつくと、俺の上にポチャポチャがいた。俺はそのときとっさにガキの頃からずっと読み続けてきた恋愛小説のあこがれのシーンのあれこれを思い浮べた……。あ、きた、これやと思ったんだけれども、あっという間にソレは過ぎてしまった。ところが大阪の女というのは、たいへん男に尽してくれる。思うにそのころのわたしは紅顔の美少年だった。（それにしても歳月は冷酷なものである）その美少年が工場を出ようとすると、ポチャポチャが何か手に握らせてさっと逃げてゆく。横丁に入ってあけてみると、柾目《まさめ》の下駄がきれいなハンカチに包んで入れてあった。その上にお金の入っていない財布が一つそえてあった。ヤミ市で苦心して買ってきたのだろう。少年は柾目の下駄の快い冷たさを掌にして、しばし痛いような羞恥にひたった。

　思うに、われわれの世代というのは、大体非常に早熟が多い。これは無理もない。大人も子供もヘッタクレもあったもんじゃねえという時代だからマセなきゃ死んでしまう。コレラ、ペスト、ＢＣＧといった予防注射を全然していない赤ん坊の肌で、バイ菌だらけのごみ箱の中に放り出されたようなものだ。朱にも染まれば、黒にも染まる。自分でも一体何重人格になっているのか、いまだによくわからない。

　パン焼工場で、ぼくは生まれてはじめて自分の手でかせいだ金というものを手に入れた。一心不乱に何とか早く大人になりたいと希《ねが》っていたから、断じてこの金で酒を飲もうと思いつめて、ジャンジャン横丁へ行った。ジャンジャン横丁というのは大阪の天王寺公園の下にある有名な細い道で、東京でいう当時の新橋界隈ヤミ市、新宿のハモニカ横丁といっ

たような盛り場である。このジャンジャン横丁の掘立小屋で、

「おばはん、ウィスキーくれ」

というと、コップをおいて一升ビンからウィスキーをついでくれるのである。ウィスキーというものは角ビンに入っているものだというようなことは知らなかったから、一升ビンからウィスキーをつがれてもそんなものなんだと思っていた。ドブ〱ドブ〱おばはんはついでくれた。受け皿にガタガタこぼれるくらい威勢よくついでくれる。飲んでみたら、ドーンと頭へくる。つまり、これはカストリ、バクダン、その他いろいろな異名で呼ばれた戦後のあのしろもので、断じてウィスキーではない。

「おばはん、これはウィスキーではないのと違うか」と、こちらがえらそうなことをいうと、

「そやからはじめからウィスキーとはいうてまへんで、あの紙きれよう見なはれ」

いわれて後の紙きれを見ると、そこに墨痕淋漓《りんり》、片仮名でウイスケと書いてあった。

その飲み屋というのは変っていて、いつ行っても、南京豆の殻が床一面敷きつめてある。

当時の大人というのはみな復員だから兵隊靴をはいている。南京豆の殻をザックザック、バリバリ、踏みくだきながらバクダンウイスケをのんでいた。

なんで南京豆の皮がこんなに敷いてあるかというと、うちはお客がこんなにたくさん入

ってくれますで、肴の南京豆をこんなにたくさん食うてくれますデということを言いたいらしい。

酒の王様たち

一

七月中は登り坂一方の暑熱がたちこめていてもたってもいられず、家でも道路でも電車でも、すべての物が匂いをたてて肉薄し、どこへ逃げていいのかわからなかった。音楽と新劇には訓練がないので私は弱いけれど、嗅覚《きゅうかく》だけはいくらか心覚えがあり、中年になっても衰えることがないので、悪臭にはひとかたならず苦しめられる。胸苦しいのは梅雨期と夏で、こういう季節に男や女に近づいていくと、ことに女に近づいていくと、髪から足の趾《うら》まで、すべての箇処が匂いをたてているものだから、熱帯の密林がのしかかってくるようである。

汗と弛緩と中年の疲弊でヘトヘトになっているところへ身辺に思いもよらぬ突発事故が発生したので、したたか辛《から》き思いを膚に刷りこまれ、限界をまさぐりようのない反省に蔽《おお》われるということがあって、この七月は私にとってはにがいかぎりであった。けれど事故はようやく一見収縮の方向に向いだしたので、どうにかこうにか部屋のなかにすわれるようになってきた。しかし、八月になりはしたものの、心の弛緩と疲弊をどう手のつけようもなく、のめりこみ、錆びついてくるばかりである。マトモなことを書こうにものめりがさきへさきへとたちまわるのでトリモチに吸われたハエのように足も羽も剝がれてしまう。（トリモチもトンボも見られなくなった時代にこういう比喩を書くあたり、お年も知れようし、疲労も察しられよう）。

だから。

酒の話でも書くとするか。

明治時代は〝和魂洋才〟を叫んで、社会に新鮮な刺激にたいする飢渇感がみなぎり、熱っぽい醱酵があらゆる分野に見られ、それが鹿鳴館のダンスにもなり、アナーキズム運動にもなり、汽笛一声にもなり、日露戦争にもなりした事情はみんなよくわきまえているが、いっぽう、奇妙キテレツな風俗もそれにつれて出現したから、場末の行方のない叛骨を抱いたゲイジュツ家たちはたちまちこれにとびついてオッペケペ節などをでっちあげ、早くもニヒルな塩味の漂よう蒼白い頰をひきつらせて毒笑のための毒笑に夜な夜なふけったものであるらしい。その頃、酒界においては、もっぱら一升瓶と、焼酎と、屋台と、スキヤキ屋の高歌放吟が主勢だったのだが、いっぽう、ここにも〝和魂洋才〟がノミのように跳ねまわり、めったやたらに外国の酒を輸入するかたわら、めったやたらに国産洋酒も出回った。〝国産洋酒〟というコトバそのものが原義にたって凝視すれば矛盾そのものなのだけれど、お国にみちわたる好奇の熱気からすれば、ドッてことはないのだった。

〝ウィスキー〟といったって、そんじょそこらの焼酎屋が蒸溜は〝和魂〟、レッテルは〝洋才〟という好奇の一発主義《やまあて》にそそのかされてのゴタマゼ事業だったから、たかが焼酎にカラメルでコハクの色をつけ、そこへ自分でもよくわかっていないサムシングを微量投入してから瓶詰めし、赤や、金や、黒など、何やらゴテゴテと派手に印刷した横文字のレッテルを貼りつけて売りだしたものだった。だから、そのうちの一つは、スコッチの向うを張ろうというので、レッテルの一隅に、〝バッキンガム宮殿で瓶詰めされました〟などと一行、英語で刷りこんだものであった。真ッ赤なウソとわかりきったことを堂々と名乗りあげるあたりの魂胆はなみなみならぬもので、いまでもこういうレッテルのウィスキーが酒屋の棚にあったら、ちょっと買ってみたくなる。これから数十年たって第二次大戦直後の闇市にはアメリカ兵の氾濫といっしょにレッテルのどこかに〝Made in USA〟と刷りこんだマヤカシ・ウィスキーが流れたことがあった。当時は——いまでもあまり変らないが——何だってかんだって〝米国製〟とあればありがたい一心で国民はとびついたものだったが、そこを焼酎屋はうまく利用したわけである。

ＭＰが踏みこんで訊問《じんもん》してみると、この焼酎屋のおっさんはあわてず騒がずレッテルを指さし、〝USA〟とレッテルに書いてはありますけれど、よく見て下さい、ＵとＳ、ＳとＡのあいだに点がありません。つまりこれはわが社の名をたまたま横文字にしたからこうなったので、米国製という意味ではありません。ウサ商会製という意味なのです。わが社は〝宇佐商会〟というのです。といって、その場を切りぬけたそうである。このエピソードは当時少年だった私たちをいつでも朗らかな哄笑《こうしょう》にさそってくれたものだが、しかし、よく考えてみると、ハッタリ精神の血は明治の祖父から脈々と頂いてはいるものの、手口からいえば、やっぱり祖父のほうが雄大、奔放で、ナンセンスという貴重なものを楽しむ感覚があったと思いたいのである。

こういうハナシはどの国にもある。トーマス・マンの『詐欺師フェリックス・クルル』を読むと、ドイツぶどう酒で一代の産を築いた父の商売のコツは、ぶどう酒のレッテルをめったやたら華麗・荘厳なものにする、ただその一つにあったという説明があって、ナルホドと深夜、微笑をうかべずにはいられないのである。この父親の売るシャンパンを飲むと翌日きっと頭がピンピンと痛んだとのことである。きまじめ一本槍のはずのトーマス・マンの森厳なる作品群のなかでもこの詐欺師物語は未完のままで終ってしまったけれど作者がいきいきと男の本能にたって書いた気味が行や句読点にかくし味として漂っていて、珍しくパリ風のおどけが愉しめるので、この箇処をも含めて読者諸兄姉《みなさん》に一読をおすすめする次第である。レッテルだけでドイツぶどう酒をバカ高値で買いこまない用心のためにも……

まったく〝レッテル〟というやつは人の眼をだます。近頃はすべての商品が過当競争で、そこへ《暮しの手帖》などという痛烈な正直者がいたりするものだから、明治や戦後の阿呆なマネはできなくなり、すべてのメーカーは〝品質本位〟を争いあうよりしかたなくなってきて、それはそれで結構なことだが、何しろわが国人《びと》は古来、好奇の心はげしく、うちこめばとめどなくなるところがあるので、それが洗濯機やクーラーなどという、手でさわれもするし、肌で感ずることもできるブツについてのみ執着しているあいだはいいが、これが無限界、無辺際の信仰やイデオロギーの分野にまでひろがると、それすらとどのつまりは〝レッテル〟にすぎないのに身も心もなくうちこんで暴走する危険がある。長い目で見れば一時しのぎのことに一生を諸世代、諸国民は葬ってきた。

二

前項でトーマス・マンの『詐欺師フェリックス・クルル』に触れ、クルルの父が一代でぶどう酒で産を築いたのはひたすらイカサマ酒を売ったことにあるが、それが二日酔液であるにもかかわらず売れつづけたのはただレッテルがやたらに華麗・荘厳であったためだと書いておいた。これは原作者のトーマス・マンの記述を頂いてそのままに書いたわけなので、私がそのアタピン（飲むとアタマがピンピンしてくる）酒を飲んだうえでのことではなかったから、責任はすべてマンにある。マンがどれだけの酒通であったか、私は知らないが、おそらくそういうことを書くことでマンはおふざけ気分のうちにもレッテルを信ずるな、わが舌に従えということの警告を発したかったのだろうと思いたい。

そのあとつづいて人というものはレッテルに酔いやすいもので、それは何も酒だけのことではなく、信仰もイデオロギーもことごとくおなじだという一行を書きたしておいたと思う。レッテルに惚れていい気持になってズップリひたったあげく翌朝アタピンで苦しみ、あの酒はひどかったがオレもひどかったという反省に陥ちこむのは医者、刑事、弁護士、小説家、エッセイ屋、みな、おなじである。そして、しばしば、これを飲めばアタピンになって七転八倒することがわかりきっているのに、ついつい飲まずにいられなくなるというのも、おなじ習性からである。酒呑みというさびしいセンチメンタリストがいて、そいつらに飲ませる酒と場所があり、それらによってがつがつ生計を得ようとする口達者な人物がいるかぎり、これはいつまでもあることだろうが、政治と宗教の世界でも、ま、変ることはあるまい。変るとすれば、せいぜいスローガンだけのことだろう。

昔、どこかで読んだハナシだが、南米の某国で、ぶどうがやたらにできる国があり、それから果汁をしぼって酒にしてやたらに儲けた男がいたというのである。この男はやがてその国のぶどう酒の王様となるのだが、人民たちはしきりに薄暗い酒場で、王様の酒は酒じゃない、何かまぜものをしてあるのだ、だから飲んだ翌朝はきっとアタピンになるのさといいつづけたが、人民は心もノドもつねに渇いているので、どんどん飲まずにはいられず、したがって王様はどんどん王様になっていったが、王様はいよいよ臨終ということに

なったとき、ベッドのまわりに子や孫をのこらず呼び集め、息もたえだえに
「いいか、おまえたち」

といった。

「ぶどう酒はぶどうからつくるものだよ」

といったそうである。

詐欺師が最後のベッドでめざめて、正直は最善の策なのだよと訴えるハナシは、だまされつづけの人民としては当然のことながら、でっちあげたいハナシであろう。そうでもしないことにはそれまでに日夜をわかたず飲みつづけてきたマヤカシ酒についての、そしてそれをその場その場で飲みつづけてウムとか、イケルとか、マアマアなどといいつづけた自分たちの立場がなくなってしまうではないか。ペタンコになった財布のことを思うとイマイマしいかぎりではあるが……

しかし、酒の道はとりもなおさず人の道でもあるので、この道では〝人〟の混沌そのままを反映して、いつの世にもしたたかの曲者《くせもの》を生みださずにはいられないのである。某年、某月、某日、パリで朝遅く眼がさめ、三日月パンと牛乳入りコーヒーを飲みに街へ這いだし、たまたま新聞を買ったところ、四、五人の紳士がつながって映っている写真があった。三日月パンを食べつつ牛乳入りコーヒー飲んで記事を読んでみると、これらの紳士はみなイタリア人で、キァンティの王様である。王様たちはキァンティが売れるのをいいことに

して自然のぶどうによらないで人工でこれを増産、増量する方法を発明し、もっぱらそれによってここ数年間、巨額の富を築いていたが、最近発覚して法廷へ送られる身分となったというのである。自然のぶどうをどう人工でゴマかしたのか、そのあたりの詳細は記事に書いてなかったが、ぶどう園をでたときトラックは三台だったがナポリを通過するとそれが七台になっていたという暗示的な、愉快な記事が書いてあった。（これがやっぱりナポリであるということに留意して頂きたいナ）

その妙なキァンティを飲んだ人たちがアタピンになったかどうかは書いてなかったので、やっぱりナポリ人は伝統主義者でヒトをだましつづけておるのだなと私は教えられ、不思議な安堵をおぼえてベッドにもぐりこんで惰眠のつづきをむさぼったものであった。イタリア人なら当然そういうことをするであろうという感懐があり、むしろ当然そのものであり、かねがね感ずるところがたまたまちょっぴり実現されただけのことだという、あえかな的中感と満足感で私は、むしろ、のびのびと手や足をシーツのなかでのばしたくらいであった。フランス人が勤勉になり、イタリア人がウソをつかなくなったら、そろそろ覚悟をきめたほうがよさそうであるからネ。

すると、数年後に、某月、某日、東京の新聞で三面記事を読むと、ボルドォの旦那衆が何人かよってたかってイカサマぶどう酒を売ったかどで御召しになったとのことである。記事は短いからよくわからないが、旦那たちは自家のぶどう酒に安物のぶどう酒をまぜて増量を計っていたというのだが、旦那の一人が法廷で証言したところによると、誰もそのマヤカシに気がついたものはなく、お客はみんな満足していたとのことである。どんな酒をどれだけの酒にまぜていたのかということはわからないけれど、どうやら旦那はぶどう酒業者としての良心をさほど痛めることなく収入をたのしんでいたらしい気配であった。

しかし、シャトォ物の《ヴレ・ド・ヴレ（正真正銘）》のぶどう酒についてはまずこういうことは起らないと考えておいていいように思われる。中級から下級にかけての品ではよくこういうことがある。だからといって、呑み助の私の舌覚にたっていわせて頂くなら、マゼモノをしたからといってそれだけで酒品が落ちるわけではない。ときにはアルジェリアの安酒をブレンドすることでかえって腰が強壮になる酒だってあるのだ。イケナイのはマゼモノをしてるくせにマゼモノをしてないみたいなふれこみやレッテルをつけること、ただそれだけのことなのである。ぶどう酒の鑑定は一つしかない。レッテルではなく、舌だ。君がウマイと思えば、酒はそれで成就するのだ。〝王様〟が何を企もうと、それはそうなのである。

でも。

たまには極めつきを飲んでおくといいゼ。

夕方男の指の持っていき場所

ジンという酒は洋酒の焼酎で、酒精を蒸溜するときに杜松《ねず》の実をつめた罐を通過させて味と香りをつけるのだが、初期には蒸溜装置が幼稚だったからフーゼル油だの何だのがまじり、それがひどい悪酔をつくる原因になった。ロンドンの有名なジン小路は貧乏人が安く手早く酔っぱらいたいためにこの酒をガブ飲みしたところからそういう異名がついたので、この小路は、当時、ありとあらゆる犯罪の巣だとされていた。

だからジンはイギリス紳士のあいだではいまだに何やら安酒扱いをされ、黄昏《たそがれ》や食前にシェリーかマーティニかとたずねられたら文句なしにシェリーだと答えるのがほんとの紳士だとされている。そういう噂はよく聞かされるのだが、ロンドンの一流ホテルのバーでその時刻にそれとなく観察していると、シェリーよりもジン・トニックやマーティニの註文のほうがはるかに多いような気がするのは、当節、ホントの紳士が少くなったからか。それとも、ホントのイギリス紳士はそんな時刻にそんな場所に登場しないからか。

ジン小路時代にくらべると現在は蒸溜装置がほぼ完璧といいたい点にまで達したし、杜松実の扱いかたも研鑽を積んだものだから、お話にならないくらいの上酒にジンはなった。

もはやそれはバクダンでもなければ二日酔の素でもない。かつてカクテル全盛時代には何百と数知れぬカクテルがつくられたものだが、生きのこったのは《マーティニ》だけだといってよろしいし、そのマーティニも今ではしばしばジン一本槍でつくるのだから、屈指の銘酒になったといってもよろしい。しかもお値段は他の屈指の銘酒とくらべてグンと親愛なんだから、眼が細くなる。これからは蒸暑い季節になるからジンを冷蔵庫で瓶ごと冷やしておけば氷なしでもそのままドライ・マーティニとしてグラスにつける。その点は国産の焼酎でもおなじなんだが、こいつ近頃、度数がグッと低くてキックもなければダウン・ビートもないうえ、レッテルにイチゴだのウメだの、子供くさい画があってやりきれない。やっぱり、ジンだ。でなけりゃ、ウォツカだ。

マルティニ・エ・ロッシというイタリアのヴェルモット会社がカクテルの流行にいちはやく目をつけてジンと組みあわせにして自社製のヴェルモットを売ることを思いつき、そこで創案したカクテルに《マーティニ》という名をつけたのが起源だということになっている。しかし、スポンサーのホーレン草の罐詰会社の名前をみんなきれいに忘れ、ポパイだけがおぼえられてしまったのとおなじように、《マーティニ》も、それだけが独走、また独走し、無数の処方がつくられた。オックスフォード大学では学生にマーティニの議論をするなというお布令をだしたくらい。

ジン⅓に辛ロヴェルモットを⅔、それにビターズが二滴か三滴。これがそもそものドライ・マーティニの公式処方だったのだが、たちまちのうちに無数のヴァリエーションが発案され、みんなが口ぐちにオレのが、オレのがといいだして、世界のいたるところでパーティーが騒然となった。しかし、時代がたつにつれて、混沌から一つの主題がクッキリと顔をだし、いかにドライにシャープにつくるかが争われるようになった。だからヴェルモットをまぜることは次第に敬遠され、ある大学教授は冷やしたジンを入れたグラスを右手に持ち、左手でひとつまみの塩を肩ごしにうしろへ投げてから飲むといいんだといいだし、チャーチルはヴェルモットの栓をぬいてその匂いをかぐだけで満足したと伝えられ、といったぐあいになった。無数の無邪気な、ちょっとした〝儀式〟が試みられるようになり、とうとう、《完璧なマーティニというものはこの世に存在しない》という神秘の託宣がひねりだされた。議論をやめさせようとして誰かがそういいだしたのだが、サテ、みんなうなずきはしたものの、議論のほうはいよいよ……。

完璧なマーティニはまだ飲んでいないが、無数のいいマーティニは飲んだ。涼しい松の香りを鼻さきに感じながら見る見る無数の小さい水滴が霧となってグラスの肌にひろがっていく。だまってそれを眺めながら霧ごしに眺めたバイエルン・アルプスの、西ベルリン、クアヒュルシュテンダム通りの、マドリッドの、サイゴンの、香港の、夏の、冬の、無数の黄昏の燦爛《さんらん》を、ただそれだけの記憶をつづって、いつか私は一篇を書いてみたいと思っている。

そのグラスのかなたにあったもの、ふちにあったもの、私の内部にあったもの。そして、たとえば、マーティニがこれくらい飽くことなく飲まれるのは極上の素材は無飾で演出するにかぎるけれど、ただしその単純には無量の深さをひそませておかなければならないこと。それこそがすべての至難の至境であること。森の苔の香りや、革の手袋の匂いや、白木の家具が愛されるようにこの酒は愛されるのだと、何度もたわむれに、しかし確信をこめて考えこんだことなども。

十五歳ぐらいから私は酒とタバコになじみだしたのだから、かれこれ三十年間、浸ってきたことになる。黄昏になると潮がさすように避けようなく手はのびて、瓶やグラスをいじり、たまゆらの安堵を滴下しつづけてきたわけである。梶井基次郎のいう〝不吉な焦燥〟をそれでほんのひとときき鎮めたり、そらしたり、しばしばかえって火を燃えあがらせて狂騒に走ることもあった。白昼は私には胸苦しく、荒涼とし、手のつけようがないものだから、黄昏に点滴すると、うまいぐあいにいったときは、古なじみのシャツのようにしっくりした、体にぴったり沿っていながらしかも気にならない、まったく着ていると感じられないような夜のなかへすべりこむことができた。ペンが道具ではなくて指の一部と感じられ、園芸家の指が湿った土のなかで誤つことなく植物の根をまさぐりあてるように言葉をさぐる。そのような灯と夜が、たまにはあってくれたのだった。

けれど、今週は三日つづけて胃部が痙攣《けいれん》したり、背中の腰の上部が鈍痛でひきつれたりした。五時間つづくこともあり、三時間つづくこともあった。去年にもあったことだが、それまでは鼻毛のさきほども知覚したことのない兆しである。アニマルなみだったのが人なみに堕ちたらしいのだ。永いあいだ不吉な癇《かん》持ちだったのが、そこへ癪《しゃく》がとりついて、陰険でおどおどした癇癪持ちになりつつあるらしいのだ。おかげで酒を警戒してこの数日一滴も飲まず、黄昏になっても指の持っていき場がないので、いよいよ落着かないのだ。

一滴も飲まずに書いてみたらこんな原稿になった。グラスをとってからペンをとることに慣れた指でペンだけをとって書いてみたら。

酒瓶のなかに植物園がある動物園がある

去年であったか、中国産の珍酒を二種もらった。一つは人間の胎盤を酒に浸した『胎盤補酒』で、もう一つは田ンぼに棲むネズミの胎児を浸した『田鼠仔酒《でんそ》』。二つとも陳舜臣氏からもらったのだが、しばらく家へくる人びとをキャッといわせてたのしむことができた。大層なモッタイをつけてちびちびと半杯ずつ、一杯ずつ、ふるまっているうちに、二本ともからになってしまったが、ネズミ酒のほうは瓶底に二十四ほどたまっているので、ついでのことにと食べてみたが、味や香りはとっくに酒にとられてしまっているので、何やらゴムを噛むようだった。どれもネズミの胎児だから、毛は生えていず、眼もできていず、小皺《こじわ》のあるブタの仔といった形をしている。

今年（一九七六）、某月某日、神戸の『海皇《ハイファアン》』という中国料理店へいったところ、ここの料理は〝海鮮〟（海の魚介の新鮮なもの）専門で、水槽からピチピチとタイやハマチをすくいとって、中華風の刺身にしたのや、生きたエビを紹興酒《しょうこうしゅ》につけるおどり食いなどが、名物になっている。中国料理は、野菜であれ肉であれ、絶対にといってよいくらい生食をしないから、刺身は珍しいし、なかなか悪くないので、箸《はし》がよくすすむのである。友人とおしゃべりしながらつついていると、人民服ではなくて中山服を着た店の若いマスターがあらわれて、丁重に御挨拶。恐縮して挨拶を返していると、じつは自分は陳舜臣の友達で、こないだネズミと胎盤の酒をさしあげたのは私である、本日は光臨頂いてまことにうれしいから、ロイヤルゼリーとタツノオトシゴの酒を進呈いたしましょう、とおっしゃるのでいよいよ恐縮。

あらわれた二つの瓶。一つは『蜂皇胎補酒』、これは上海産。もう一つは『海龍酒《かいりゅうしゅ》』、青島《チンタオ》産である。さきの二つにしてもこの二つにしても、いわゆる薪料酒《やくりょう》、日本でいう薬味酒であるから、痛風にきくんだとか、アチラの地盤沈下が食いとめられるんだというようなことをいいつつ飲む酒だから、酒そのものの味や香りは第二の議論であろう。ロイヤルゼリーを酒に仕込んだほうはおとなしい、やわらかい、おっとりした舌ざわりのもので、北欧のミードによく似ている。北欧ではぶどうがとれないから、昔から蜂蜜をベースにして酒をつくる習慣があって、〝ミード〟と呼んでいる。ポーランドで飲んだ『ヴァーヴェル』というのもこれの一種だが、なかなか気品があってよろしかった。タツノオトシゴのほうもおとなしい、やわらかい酒で、レッテルを読まなければ、それだとは気のつかない味だし、舌ざわりである。

南軒酒美青梅熟

華夏肴佳玉粒香

いつか西ベルリンのクァヒュルシュテンダム通りの中華料理店の壁に、そう大書した対《つい》聯《れん》を見つけたことがある。料理はひどいものだったけれど、その字を眺めて箸をはこんだものだった。たしかに華夏（中国）は美味の国、美酒の国である。

この国の人びとは、料理であれ酒であれ、政治であれ、よろず徹底的にやらずにはいられない伝統が昔からあるようだが、薬味酒やリキュール類も百花斉放、百獣争鳴といいたいにぎやかさである。花であれ実であれ、トカゲであれゲンゴローであれ、何だってかんだって、触目ことごとく酒にほりこんでみるのである。レッテルを眺めていると、酒瓶のなかに植物園があり、動物園があるといいたくなってくる。ほんのちょっと酒にされる植物を見ただけでも、ブドウのほかに、キンモクセイ、サンザシ、キイチゴ、リンゴ、ハマナス、パイナップル、レイシ、レモン、オレンジ、アオウメ、トマト、ヨモギ、ハス、リュウガン……。

動物としては、トラの骨、シカの角、トカゲ、ゲンゴロー、タツノオトシゴ、キノボリトカゲ、たくさんの種類の毒ヘビと無毒ヘビ、スッポン、ネズミの仔、クマの掌、ニワトリ、冬ごもりのガマ、いきあたりばったり、かたっぱしから、醸《かも》すなり、干《ほ》すなり、煮るなり、しぼるなり、砕くなりしての探究と実践である。毎度のことながら、この旺盛さと奇想天外ぶりには脱帽のほかないので、一本ずつ、じわじわと味わって攻めていこうと心がけているのだが、なにしろ品数が多いので、これからさき何年もかかる。

　すると、最近、中国から帰ってきた知人が人に託して、これは酒ではないけれど、『鹿《ろく》茸精《じょうせい》』なるものをとどけて下さる。シカの角のエキスである。小さな瓶に透明な液が入っていて、スポイトがついている。説明書を読むと、このスポイトで十滴から四十滴吸いあげ、お湯にとかして、毎日三回やれとある。やったらどうなるかというと、腰や膝の痛みが消えるし、全身に精気がみなぎって、肉がひきしまり、健忘症がなおり、神経衰弱が消え、何よりかより『性机能低落』にズンと利くとおっしゃるのである。シカの角は昔からあの国では高貴薬と目されていて、これの入った酒には、虎骨酒、参茸莉酒、全鹿酒、鹿筋補酒、その他、いくらでもある。ことごとく補酒である。サポートする酒である。プーチューと読む。プーチュー。その字を眺め、スポイトを眺め、一頭のシカが誇らしげに岩の頂上でそりかえっている画を眺めているうちに、やれやれ、オレもとうとう、何もいわないのに人からこんなものを差入れされるようになったかと、御好意をありがたく思いつつも、何やらわびしくなってくる。
　マ、しかし、指導者の顔が天安門上で変わるたびに、つまり魯《ろ》迅《じん》の言葉を借りると城頭に大王の旗が変幻するたびに、ドラや三角旗を手にして広場へくりだして、拍手、喝采、デモ行進などをしなければならないのだから、そのことを考えあわせれば、健忘症を治すのにはシカの角がいいだろうか、それとも冬ごもりのガマがいいだろうかと、一心に探究にふけっている人びとというものは、いささかユーモラスではあるけれど、まことにのびのびしていて、愛らしいところがある。どこかしら、ちょっと、帝力を無視した不撓《ふとう》の気配がかいま見られるようでもある。しかし、研究が進みすぎて、ほんとに健忘症が治ったら、昨日までの城頭の大王を今日は黒暗々の悪漢だといって罵ることができなくなるから、いっぽうではそういう目的と用途のための酒も研究しておかなくてはなるまいと、考えられるのである。おそらくもうちゃんと、できているのであろう。

それでも飲まずにいられない

二日酔をしたことのない人には、二日酔の苦痛はわからない。それは、健康を失ったときに、健康のありがた味がわかるのと同じことで、その点、人間は、愚かにできています。永遠に……。人間が賢くなれるのは、昨日にたいしてだけで、今日と明日にたいしては、永遠に無知である、馬鹿である、と言われるのは真実なのです。しかも、二日酔の場合は、何十ぺんくりかえしても飽きない、というしつこさがあるので閉口させられますね。

女によって翌日の酔いの度合いが違うのと同じように、酒の種類によって二日酔も違う。ひどいめにあっても、もう一回いこうという女もいるし、半分で「こりごりだ」と言って逃げ出したくなるのもいるし、ひと目見たときとコロッと違う女もいます。だから、むかしから「女は化物だ」と言う。故人曰《いわ》く、

「たとえ七人の子をなすとも、女にはこころ許すまじ」

私が考えるところでは、こんな女がいたら、さぞや迷うだろうなあ、と思いたくなるような酒がいい酒です。つまり、女と酒は同じで、試してみて、悪酔してみなければわからない、ということであるらしいのです。

私の経験では、「原料の違う酒をチャンポンにして飲むな」というのが、ダメージを防ぐ最大の予防法といえます。飲むと同時に防ぐ。だから、原料が大麦であるウイスキーと、原料がブドウであるコニャックと、それから、オイモからとった焼酎とを、ガチャマゼにして飲むと、エライことになってしまいます。だけどその一方に、不純物がうまさになっている酒があります。たとえば、ウイスキー、コニャック、ブドウ酒。これらはみんな、いろんなものがはいっているために、おいしくなっている酒です。

ブドウには、何種類かの果糖類がはいっているから、だから、複雑微妙な味になる。だけど、これの安出来を飲むと、ひどい不純物のおかげでアタピンになります。「アタピン」というのは、頭ピンピンということで、戦後、バクダンとかメチルとかを飲んでいた時期にはやっていた言葉。

いちばんいいのは、ウォッカと焼酎。これは、不純物がありません。蒸留点が高くて、出てくる不純物をいっさい抜きとってしまって、アルコールだけにする。そのアルコールを白樺の木炭で磨きに磨いて、濾過《ろか》して仕上げる。なおそのうえ、エイジング——寝かせたやつもある。こういう酒は、布でいうと、白いサテンのシーツみたいなものだから、酔いそのものがあって気持がいい。そのうえ、あくる朝、ダメージがありません。こんないい酒を飲まない手はない。

そこで、おそらく恐妻家の飲み助が、女房にクドクド言われるのを避けるために、台所にあるものをウォッカに混ぜることを思いついたのです。ウォッカは、なににでも混ぜられる。トマトジュースに混ぜるとブラディ・マリー。オレンジジュースに混ぜるとスクリュー・ドライバー。ブラディ・マリーなんかは、トマトジュースのなかにウォッカを入れる。ウスターソースをポチョポチョとほうりこむ。コショウをかける。塩をふりかける。ようするに、台所のまわりにあるものを全部ほうりこんで、絶妙な味になるので、これをキッチンドリンクというわけです。

ピューリタンのガミガミ女房が、

「あんた、なにを飲んでるの?」

と、聞いたとき、コップに琥珀色のものを入れていたら、

「これは、薄めのコカ・コーラだよ」

という弁解はきかないし、

「ジンジャエールだよ」

とぶちかまそうと思うけれど、

「ジンジャエールを飲んで、どうしてそんなに顔が赤くなるの?」

と、女房は言い返す。もし女房が亭主を愛しているなら、

「身体に悪い」

とくる。

だけど、トマトジュースやオレンジジュースを飲んでいるなら、

「トマトジュースを飲みながら、酒を飲んでいるのだから、栄養を補給しながら、酒を飲んでいることになる。悪いことなどどこにもないだろう」

と、言いひらきがきくし、どのくらいウォッカをほうりこんだのか、女房にはわからないし、まことに貴重なものです。

いまや、ブラディ・マリーは、大流行。ひさしく大流行。こういうことをやっているかぎりは、二日酔にはなりません。たくさん飲むと、あくる朝、持ちこすことは持ちこす。だけど、ドンヨリと身体がほてっているとか、脱水症状が少しあるとか、それぐらいのことなので、比較的リカヴァリーがはやい。いろいろむずかしい儀式をしなくても甦《よみがえ》れる。だけど、チャンポン飲みをすると、ひどいアタピンになってしまいます。

コニャックであれ、ウイスキーであれ、超極上のものを飲むと酔わない。気持がいい。悪酔しない。あくる朝のダメージなんてありえないし、神気ますます冴えわたる、という感じになるのです。

「良馬はつまずかず、良酒は酔わず、良妻は不平を言わず」

という諺があります。

この場合の「酔わない」は、二日酔しない、悪酔しない、という意味。酒を飲んで酔わないということは、ありえないんだから。とはいえ、良酒ばかり飲んでいられないのが現実の生活なのです。

二日酔の思い出というと、暗澹たる話ばかりだし、愉快とか笑えるような話というのはまずありませんな。若くて、新陳代謝が旺盛で、酒に慣れていないころには、連日連夜の二日酔。とくに私は、ウイスキーの宣伝屋だったから、そりゃ当時はひどいめにあった。トリスバー時代、いまから三十年ほどまえのことだけれど、あのころのトリスバーは、ザーッとコップが何十も並べてあって、そこに、あらかじめ氷をガチガチにつめてある。それで、トリスのビンをもって、トットットットットットッと走らせる。タコ焼きのメリケン粉をつぐみたいな調子で走らせる。または、目薬をつぐみたいな調子でやる。

そして、一本たちまちカラになると、ポーンと捨てる。そこへソーダ水を、ガバガバッ、とやるもんだから、見たって色がついているかいないかってぐらいになる。それで、一杯五十円ぐらいだったか、十杯ぐらい飲んで、やっとクラッとくる感じでした。

昼間は、酒の宣伝文を書いているんだけど、夜になると、家へまっすぐ帰れないんですね。家に帰るためには、酒を飲んで、火を入れなければ、なぜかしら帰れない。八重洲口だ、新宿だ、池袋だ……。中間のターミナルに行くたびに降りて、バーへ行ってジャブジャブ目薬ハイボールを飲むわけ。それで、たいてい深夜になる。終電車に乗って、終点駅の冷たいベンチの上に寝ころんで、ゲロゲロ吐いて、あげくに駅前タクシーを拾って、またさかのぼって家まで帰ってくる。ドタンバタンとひっくりかえって寝て、あくる朝はひどい二日酔。そのひどい二日酔をこらえこらえ、さかのぼって東京駅で降りて、テクテク歩いて会社へ行って、それで、「アスピリンだ。梅干しだ」と、いろいろな甦りの儀式をやって、昼の三時か四時ごろに、やっと鉛筆を手にとれるというぐらいにもどる。そうすると、もう、すぐ五時になる。夕方になると、また、東京駅八重洲口のブリックというトリスバーに行く。それが、連日連夜。

月末には、ツケがまわってきます。「酒屋だから、いくらでも酒が飲めるでしょう」と、おっしゃる方がいます。まさにそのとおり、いくらでも飲める。ところが、ここに一つの心理がありまして、ただ酒はおいしくない。てめえの金を出さなければ、うまくないんです。

試写室で映画を見てもおもしろくない。街でいちいち千五百円を払って見なければ、おもしろくないのと同じことで、身銭を切らなければ、けっしておいしくない。なかには、「ただ酒大好き」というヤツもいるけれど、こういう人は、生まれつき乞食の要素があるに違いない。

酒屋のころは、そういうことばかりくりかえしていたのです。小説家になっても同じでした。小説家になったら、夜にならないとモーターが動かないんだから、昼の時間があいている。昼間、ぼんやりしている。ノイローゼに落ちこんだときは——躁鬱病《そううつ》のことだけど、もの書きはむかしから、ほとんどが顕在的、潜在的に躁鬱病だから——それで鬱を晴らそうと思って、部屋にこもったきりでまた酒を飲む、ということばかりしていました。あのころは、銀座、新宿、中野、荻窪——私の家のルートでいうとこういうルートでしたが——を、グルグルまわっていた。当時、それぞれの駅に文士たちが行く決まった酒場とか、飲み屋というのがありました。

「あの先生は何時ごろ現われるぞ」というのがわかっているので、時計を見ながら酒を飲んでは、駅をまわっていく。新宿なら新宿のペケポンとかいうバーに入ると、果たせるかなその人物がいる。それをみつけたときの楽しみっていったらなかった。一種の共犯意識というか、「飲んでいるのはおれだけじゃないんだぞ。こいつもやっている」という気休めが起るのです。

たとえば、井伏さんは、新宿の樽平《たるへい》でみつけることが多かった。このあいだお目にかかったときは、八十何歳だったけれど、コニャックをグイグイ飲んでいらした。とてもじゃないが、あんな怪物には飲み殺されるんで、彼のお付きになった雑誌記者は、みんな病気になるか、はやく逝っちゃうか、しています。賢い人ははやく去って、遠くから尊敬申し上げることになっている。文字どおりの「敬遠」というわけ。

ねじに雌ねじと雄ねじ——ツッコミとボケ——があるけれど、井伏さんは雌ねじにあたる。あの人自身は、ハシャギもしない。ブスッとして飲んでいるだけだが、なんとなく人を誘いこんで、長酒にしてしまう癖があって、飲んでいる方は立てない。こちらはひとりで飲んでひとりでしゃべる。井伏さんは、相槌を打つだけだが、それでもなんとなく引きずりこまれてしまう。そのあげくが、玉川上水に飛びこんでしまったり、ご存じのように死屍累々という結果になる。それを言うと、井伏さんはすごくおこるけど。

わたしは井伏さんを心から尊敬しています。けれど、酒だけは恐い。まともに正面からつきあったら、飲み殺されてしまう。彼とまともにつきあって、しかもなおかつ文章を書くことができるのは、三浦哲郎君ただひとりだけだと思う。井伏さんとつきあうとものを書けなくなってしまう。雌ねじに吸いとられてしまう、そういう感性がある人です。

こんな調子で、二日酔の経験は、とめどなく数知れずあるけれど、酒を飲み慣れない若いころにやった激烈なダメージは、とくによくおぼえています。あのドブロクの思い出は、忘れられない。戦後の焼跡、闇市時代は、トントンぶきの掘立小屋のなかで、ドブロクをつくっていました。警察の目を恐れて、階段下かトイレのわきで、バケツのなかに仕込んでいる。米を醱酵させると、ドロドロのおかゆみたいなものができる。ムーッとする、雑巾みたいな臭いのするそれを、布の袋に入れてギューッとしぼる。そうすると、チャポチャポッと——トイレのなかの音とほとんど同じだけど——ドブロクができあがるのです。

夏になると、これに氷を入れます。大阪の夏は、夕方の凪《なぎ》になるとどんよりして、東南アジアみたいにネバネバ蒸し暑くてやりきれなくなる。そのときに、ひんやりと冷たいドブロク――当時これをカルピスとよんでいた――を飲む。飲んだときはスーッとしていいんだけれど、はやくいえば、これは重湯のなかにアルコールを入れて、それを氷で冷やしたものと思えばいいんで、腹のなかでブクブク、ブクブク醗酵しては、ドロンと重くなってくる。これを飲みすぎると、ゲロになるわ、頭は痛いわ、身体は引き裂かれるようだわ、精神的二日酔は激しいわ、あくる朝は、もうゲロゲロのなかで目が覚めたみたいになる。これで何べん苦しんだかわかりません。

それからバクダン――焼酎のカスをもう一ぺん醗酵させて蒸留するカストリ焼酎のことだけれど――これが、おかしな臭いのする変なやつで、これを飲むと、どういうものか、耳にキーンと鋭い明るい明晰な音が聞こえてきたり、目の前がガラスの破片がいっぱいつまって、キラキラ、キラキラと輝いているというふうになってみたり、玄妙不可思議な酔い方をしました。

それにひきかえ、のちにパリに行ったときに、学生街のカルチェ・ラタンのカフェに入って、一杯五十円か六十円くらいの無名のブドウ酒を飲んだときの、その品位の高さに驚いたこと。

「ああ、安いけれどいい酒を飲んでいる。たしかにコイツらは酒飲みだ。ブドウ酒国だ」と思わされた。いまでもそうですが、安くてうまい酒があります。あれには、感心するね。

私も学生時代に、モミジのような唇をしていたあのころに、ああいった酒を飲んでいたら、もうすこしなんとかなったのではないか、と思うときがあるんだけれど、どうだろうか。当時、「酒は安物だけど、酔いは本物だゾ」という言葉が横行しました。しかし、あの酔いは、本物じゃなかったような気がする。ただ酔って、口論して、ぶっ倒れる、というだけで、なんの楽しみもなかった。そんな時代でした。ただし、そういう欠乏の時代だったからこそ、頭は生き生きしていました。欠乏、抑圧、拘束――このなかで人はかえって生き生きする場合があります。ギリシャ人が、自由と不自由のことを考えて、空の鳥を眺めた。空の鳥は自由か？　空の鳥は、空気という抵抗があるために、それを翼で打って、それではじめて飛べるんだから、空の鳥は自由ではない。いや、不自由があるからこそ、自由になれるんだ。ギリシャ人はこう考えた。これが、自由と不自由についての、最初のもっとも強力な根本的テーゼです。不自由があるからこそ、自由を感じることができるというわけです。

いまのように、ソフトで、オープンで、リッチな時代には、若者は暖簾《のれん》に腕押しで、なにをしていいかわからない。それで、インポテンツになるのが多いらしい。お医者さんに言わせると、ちかごろ、若者にインポテンツがひじょうに多いそうだが、これは当然のなりゆき。ようするに、アレも一つのハングリー・アートだから。不自由、抑圧、拘束、欠乏、飢餓——これらがあるから求めるんで、なにもかも満たされていると、やっぱり勃起しなくなるんじゃないだろうか。

いまの若い人は、満たされているせいか賢い飲み方をします。買う物が無限にあるから、銭の使い方がうまい。楽しみは無限にあるのだから、そのなかからわざわざひとつのものを買ってやろうかというときには、よくよくの動機があるわけです。そこには、彼らにとってなにか本物がなければならない。もちろん、ザッカケなラーメンとか、ギョウザとか、その式のものも若者は求める。だけどそれは、マクドナルドのハンバーガーと同じで、最初から「立ち食いのものなんだ」と承知したうえで買っているのです。

若者は、自分がなにを欲しがっているのか、自分でわからない。だけど、これはあたりまえのこと。古今東西、若者というものはそういうものです。ただし、「これは、いやだ」という拒否反応は鋭い。その最大の根拠になるのが、「友達が言っていたから」という口コミです。友達に偽物やガセネタをつかませたやつは軽蔑されるから、これは鋭い。だから、本物でいいもの、安物でいいもの、値段の張る物でもいいものをつくらないことにはやっていけません。

こういうぐあいだから、いまの若者はお酒を飲まない。飲んでも、いいものをチョッピリお飲みになるだけで、しかも、お飲みになっても、グデングデンになってゲロ吐いて、という飲み方はなさらない。銀座、新宿の深夜の駅のベンチを見てもきれいなこと。むかしは、あの時間になると、もうターミナルは足の踏み場がないくらいゲロが吐いてありました。ベンチで寝ようと思っても、隙間《すきま》がないくらい酔っぱらいが倒れていました。だけど、いまはベンチに倒れている人を見ることがない。飲み方も賢くなったのです。

それに、酒自体もよくなっている。焼酎だって、大むかしはフーゼル油というエテモノが入っていて、これの浮いたものを飲んだ日には、やりきれませんでした。だけど、いまの蒸留装置というのは、完の壁にちかくなっているから、そこから出てくる焼酎はひじょうに純度が高い。酔いはするけれど、悪酔はしない。すくなくとも、二日酔にはならない。だから、いまの若者は、二日酔の経験をもっていないんじゃないだろうか。二日酔になると、「もう、やめた。ボクちゃん、やめなの」とか言って、飲まなくなってしまう可能性大ですな。

だいたい酒は、精神の飢餓が求めるもので、私だって、大酒飲みだった時代、海外であろうと日本国であろうと、山へマスを釣りに行ったときには、酒を飲みませんでした。むしろありがたいのは、キャラメルとかチョコレートとか、甘いもの。いつだったか真夏のガンガン照りに、小笠原に魚釣りに行ったことがあります。そのときに、段ボール一箱にミツ豆をつめて持っていった。あそこの真夏の釣りは、火ぶくれして、漁船の甲板をはだしで歩けないほど暑い。そんなとき、釣った魚をほうりこむカンコロという冷蔵庫に、ミツ豆をたたきこんでおいて、冷えたころ食べる。言うことなし。酒なんかぜんぜん飲みたくない。

これは、アマゾンでもそうだったし、アラスカでもそうだったし、あのアンデスの山のなかでもそうでした。野外にいるときは、われわれは酒を必要としない。野外にいて酒を必要とするのは、夜になって、小屋にもどってからのこと。それでも、あまり必要としない。必要になるのは、都会にもどってからです。東京近辺でいうならば、日光の山奥でイワナ釣りをして、帰途について、荒川放水路を越えたころから、酒が飲めるようになってくる。飲みたくなる。そうなると、野外では完璧だったミツ豆に見向きもしなくなる。食べられたものじゃない。だけど、いったんリュックサックをかついで駅に駆けつけたときには、「ミツ豆ないか」ということになる。

というわけで、肉体の飢餓は甘いものを求めます。そのひとつの証拠としてミツ豆がある。もっとむかしのことをいえば、終戦直後の女の化粧品は、みんなヘリオトロープの甘い臭いがしていました。当時の男は、女のつけている甘い香りにひきつけられて、寄っていったものでした。けれど、いまは、甘い香りの化粧品はだんだん減っている。森のコケを連想させるものとか、なまの皮の臭いを連想させるものとか、そういう甘さとは違った臭いになっている。肉体が飢餓におちいっていない証拠です。それでも、かなり長いあいだ甘い臭いを使っていたのが、練り歯みがきでした。それでも、コルゲートが上陸してから、だんだん甘くなくなって、いまや日本製の歯みがきも、むかしのものに較べたら、甘さはグーンと減っている。女の香水が甘くなくなり、歯みがきが甘くなくなり、酒も甘くなくなる。焼酎が喜ばれる。ウォッカが喜ばれる。すべて共通の現象といえますね。だから、いまの若者は、ある年ごろから下は、甘いものを求めなくなるに違いない。

一方、精神の飢餓の方は、アルコールを必要とします。だから、精神が飢渇するとウォッカが飲みたくなる。マティーニが飲みたくなる。だけど、いまの若者のように、肉体も精神もハングリーでないなら、ミツ豆もマティーニもいらないわけです。

それにしても、二日酔というのはいやなものです。自殺したいような、熱いヤカンに指のはしを触れたようで、「アッチッチッ」と寝ても起きてもいられなくて、地獄としか言いようがない。身を噛まれるような、焼かれるようないやらしさ。あれは、本当につらかった。自分にたいする嫌悪感がつのって、まったくいやでした。それにもかかわらず、何百回やったことか。

カトリック教徒が、告白のために教会に行く。神父様のところで、

「私は酒を飲みすぎました。二日酔でシンドイです」

と言うかどうかは別として、

「人妻と恋をして、邪道に落ちこみました」

とか言って懺悔《ざんげ》すると、神父様は、

「マリア様に、十三回お祈りをしなさい」

なんてことを言う。

告白者は、十二回くらいお祈りをする。だけど、三か月たつと、またこりずに別の人妻に手を出して、神父様のところへ行く。

「神父様、私はまたまた邪道に落ちこみました」

と、ふたたび告白する。

これも、二日酔と似ているんじゃないだろうか。

カトリック教徒にとっての懺悔告白室――それが、日本の男にとっては、赤ちょうちん、縄のれんにあたる。赤ちょうちん、縄のれんが、日本国からなくなったら、ストレスに耐えかねて、精神病患者があふれることになるだろうね。日本の経済成長もとたんにストップして、パプア島なみになってしまうんじゃなかろうか。

それにひきかえ、アメリカは恐妻国で気の毒としか言いようがないのです。

「きょう六時にマティーニを一杯おごるから、つきあえよ」

と言うと、喜んで「アリガトウ」って右目で感動する。左目で、ビクビクとして、

「ちょっと待っててくれ。女房に電話してくるから」となる。そして、

「日本人のいい小説家が来ていて、これから飯を食おう、と言っているので、今晩ちょっとおそくなるから」

と言うと、

「なにョ、あなたまた！」

と言われてしまう。

そのときの弁解のうまいこと。

「日米経済摩擦がはげしいから」

「また、パールハーバーやるのいやだろう？　きみ」

とか、いろいろ言い訳をしたあとで、やっと「行こう」と言う。

あれは、おかしい。日本国もそうなりつつあるようだけど、あれは、変です。


最後に、わが日本民族の伝統にのっとった在来の二日酔治療法をあげておきます。これは、科学的にも正しいと承認されているもの。熱い熱い番茶にすりつぶした梅干しを入れて飲む――これで、二日酔はだいぶ軽くなるはずです。だから、酒飲みのいるご家庭では、梅干しをたやしてはいけない。そして、その梅干しは、赤い小粒のきれいな梅干しじゃなくて、おばあさんの乳首みたいなボタボタのドブッとした、いやらしいシワだらけの、肉のたくさんついている安物の方がよろしい。これは、理論的にもまったく正しい甦り方といえます。

ところで、生徒にまずいことを教えて、かえって生徒を良い方向に歩ませる先生を反面教師といいます。生徒に正しいことを教えて、正しい方向に導く先生を正面教師といいます。二日酔は、われわれの反面教師といえる。問題は、この教師からいつになったら卒業できるのか、離れられるのか、だれにもわからない、ということ。これが、結論。いまさら言うまでもないことをクドクド言うてみただけですヮ。

III　小説家のメニュー

蟹もて語れ

深淵のように荘重な『陸羽茶室』だったか、それとも隣家の麻雀の音が二階の窓につたわってくる『上海老正興菜館』だったたか。香港は何度となく訪れたので光景が薄明のなかにとけてしまった。安価、高価を問わず、いい食事もまた記憶をいくつとなくきざみこんだので記憶がからみあい、かさなりあって、朦朧となってしまった。いずれにしても陽澄湖の蟹がでたのだから、某年某月、秋のことである。それも晩秋の頃である。蘇州の陽澄湖の灰緑色の蟹が一匹ずつ藁《わら》で腹をくくられたのが、十四も二十四も大皿に入れてはこばれてくる。あれとこれと、そこへこれとといって一匹ずつ指でさすと、給仕がニコニコ笑いながら部屋をでていく。やがてそれが蒸されてでてくるまで蟹の塩辛を肴にして汾酒をちびちびとすすって待つ。これは蟹を酒と塩に漬けた、うんと辛いものだが、嚙みしめているとそこはかとなく味がしみだしてくる。わが国には佐賀の特産品として《ガン漬け》というものがあるけれど、どうやら製法がそっくりであるらしい。

〈蟹の酒漬けで有名な『酔蟹』はこれではない。これは塩辛に近いものだが、『酔蟹』は生きたガザミを紹興酒に溺死させ、陳皮その他の香辛料をまぜて酒漬けにしたもので、塩辛ではない。

壺のなかでいくらかの日数をかけて寝かせるのだけれど、生きた蟹でないと酒が肉に沁みず、死んだ蟹では作れないという点に生物学的興味も誘われる。北京語では〝ツェイシュエ〟、南方語では〝ツイハー〟と呼び、香港ではそう呼んだほうが通じやすい。）

やがてほかほかと湯気をたてて赤くなった蟹が皿に乗ってはこばれてくる。指を焼きながら甲羅をはずし、小皿の酢醤油にプップッした卵やネットリした肝臓などをちょっとつけて頰張る。たまらなくなってすぐさま足をつかんで小皿につけ、そそくさと頰張って嚙み砕く。肉に一種独特のとろりとした膩《あぶら》があって、それは〝油〟でもなく、〝脂〟とも書きたくないものだが、とろりとしているのに軽快で澄んでいる。そして香りがある。その膩と香りは日本海の冬の蟹にはないもので、書くなら紙を変えて書かなければなるまい性質のものである。この蟹は蘇州の陽澄湖の産と教えられるのだが、淡水産の蟹だから掌ぐらいの大きさしかないのにその甲羅のなかに内包されているものは厖大、複雑、精緻、繊細、一口ごとに言葉を呑みこんでしまう。ひたすらだまりこんでモグモグむしゃむしゃ、やがて食汗が薄く額に浮かび、眼がうるんでくる。よこにすわった男の顔を見ると、熱中、忘我、貪婪、眼だけキラキラ輝やき、無残の様相さえきざしている。何をいっても耳に入らない。何をいおうとしても声にならない。優しくいこうじゃないかということを《花もて語れ》（Speak it with flowers）というけれど、蟹を手にしてものをいうことはできないだろう。その用法を借りるなら、『蟹をおいてから語れ』とでもするしかあるまい。

トウキョウはめちゃくちゃな食都である。香港も岩山そのものが胃袋と化したような食都であるが、トウキョウはそれの上をいきそうである。全世界の珍味、異味がとめどなくはこびこまれてくるのである。北米のメイン州のウミザリガニも蘇州の陽澄湖の蟹も生きたままではこびこまれてくる。いつぞやトウキョウ・モスコォ空路が開設されたとき、これで罐詰のではないキャヴィアが入ってくるぞと思っていたら、いくらもたたないうちに食いしん坊仲間がその情報を持ってきた。どれどれ、オレが鑑定してやろう、オレはルーマニアで毎日毎日、朝・昼・晩、三食ごと、それを約一カ月、ぶっつづけにキャヴィアを食べたことがあるのだといってでかけてみたら、果せるかな灰緑色の、大粒の、ねっとりとした、薄塩加減の、みごとなキャヴィアであった。こいつはあまり食べると胸焼けしていけない、魚の卵でもっとうまいものはほかにもたくさんあるワなどと罰当りのへらず口をきいて家に帰ったが、夜ふけに何やらゾクゾクと空恐しくなってきた。いまの若い人の食いしん坊にもこういう反応が起るものなのかどうか、一度聞いてみたいと思うのだが、私はどうしても振子運動が起ってしまう。御馳走を食べるときまってそのあとで何やらソワソワ落ちつかない気持になるのである。それは不定形で朦朧とし、うそ寒いとしかいいようがないのだが、しぶとくからみついてくる。その核心にはどうやら少年時代に全心身で味わった飢渇の記憶がひそんでいるらしいと思うのだが、こんな国でこんな物を食べられるはずがないとでもいおうか、しいて口をきいて説明するとなると、そんな言葉になりそうである。御馳走を食べているさなかにも起ってくることがあって、感官を総動員して熱中しながら、どこかで、これは非現実だ、これはフィクションだとささやく意識が隙間風のようにしのびこんでくるのである。昔の人ならこういうことを聞くと、治ニイテ乱ヲ忘レズだねなどといって慰めてくれたかもしれないが、熱いスープで舌を焼いたものだから、それがいつまでも忘れられなくて、ついサラダがでても吹かずにはいられない心の機制だというべきか。

ヴォルガ河のキャヴィアを食べてソワソワし、メイン州のウミザリガニをすりつぶしたビスク・ド・オマールをすすってソワソワし、北京のアヒルのみごとな烤を食べてソワソワしてきたのだが、このアヒルは日中国交回復といっしょにやってきた。こうやって空路ができたからにはそのうちきっと陽澄湖の秋の蟹も入ってくるにちがいないと思っていたら、ヤッパリ。いくらもたたないうちに、いつとはなく、食いしん坊仲間が、あちらの飯店で食べたの、こちらの菜館で食べたという情報を伝えてくる。しかし、この蟹はシュンがあまり永くないので、香港でもすぐ姿を消すくせがある。うまくその季節にいきあわないと、もしくはよくよく情報をつかんでからでないと、食いはずれるのである。好きモノが猥談を聞くみたいに食いしん坊はウマイモンの話にうつつを抜かすけれど、あちらこちらの話を聞かされてイライラし、そのたび口惜しまぎれに香港の味を語って仕返しをしていたが、これは好きモノが昔の女のことをほめて語りたがるのと似ている。そういうことをやっているうちにいつもシュンが去って、蟹は消え、イライラが解消される。しかし、だからといって満足したわけではなくて、どこかシンにしこったところがあり、それをなだめるために、よし、来年こそはきっとなどと思いきめる。初鰹を讃《たた》えた江戸人の口調を借りるなら、よし、来年こそは女房を質に入れてでもと、思いきめるのである。（質草としてひきとってもらえるとしての話ですがネ。）

《「自然食品大流行を知らないのかしら」と奥さんから抗議の電話がありました。編集部註》

すべてカニとかエビとかは妙に手のこんだ料理をするよりはただ蒸しただけ、茹でただけのが最上だという鉄則は和・漢・洋、どの料理でもおなじである。それともう一つ。こっちの体をいちいち現場まで持っていけという鉄則があるようである。カニはいかつい顔をしているうえに硬い殻にくるまれているけれど、ひどく感じやすい生きもので、その感じやすさがいちいちピリピリと肉にひびくらしいのである。北海道の毛蟹が海水タンクに酸素ボンベをつけてはるばる稚内あたりから長距離トラックで東京へはこばれ、目玉と眼鏡がいっしょに吹ッ飛びそうな値段で〝活《い》き〟として売られるが、生きていることはたしかに生きているけれど、北の岬の寒風に吹かれつつ港の魚市場の店で食べるそれとは何かしら微妙に決定的に違うものがあるように思う。蟹そのものが怯えのために肉を落してしまったにちがいないが、こちらもこちらで、味覚というものが状況次第でどうにでも変幻するものだから、ダブル・パンチのダメージになるのかもしれない。北米のメイン州のウミザリガニも苦心工夫して飛行機で運んできて、東京に着いてからは註文があるまで海水タンクに生かしておくのだが、どんどんやせていく。だから、肉そのものを蒸して素《す》で食べる料理よりはチーズをまぶしたテルミドールとか殻ごと肉をすりつぶしてスープに仕立てたビスクなどにして食べるのがおすすめしたいところです、というのが、それを輸入することを業としている紳士たちの卒直な意見であった。まことにごもっとも。ごもっとも。

奄美大島、沖縄、小笠原、こうしたわが国の南の海ではニシキエビという巨大で美麗なエビがとれる。香港でも食べられるし、東南アジア一帯どこでも食べられる。ポリネシア、ミクロネシア一帯にも棲《す》んでいる。このエビは、エビはエビでも、北欧でとれるフィヨルド・シュリンプとくらべると、マッチ箱とカシアス・クレイぐらいの相違が体重と風貌にある。水からあげられるときの宝石をまき散らすようなその豪壮と華麗に魅せられるあまり私は何度となく場所を変えて食べてみたのだが、そのたびに失望させられた。その白い肉は蒸すとプリプリしていて厚くて肥え、みごととしかいいようがないのだけれど、ガブッとやってみると、何となく大味でしまらないところがあり、香辛料をたっぷりまぶさないことには〝作品〟にならないという欠陥がある。エビ独特のあの精妙な、しまった、奥深い小味がないのである。北欧のフィヨルド・シュリンプはせいぜいアミの兄貴分ぐらいの大きさしかないけれど、その精緻がもたらす豊饒は舌のうえで広大なものである。コペンハーゲンのニーハーヴン（新港）に朝早くでかけ、漁船から新聞包みに手渡しでうけとるそれは、やっぱり、ただ茹でて殻をとったのにコショウと塩をパラパラふっただけのものだが、その街と、そこの人と、その国とをわけもなく好きになるしかないような珠玉小篇であった。こういうニシキエビのような巨大な例外もあるにはあるけれど、総じてカニとエビは海の這う果実のなかの精髄であろう。南の産ではあるけれど河口近辺の汽水域の深くて柔らかい泥底に棲む蟹はマングローヴ・クラブとも呼ばれ、マッド・クラブ（泥蟹）とも呼ばれ、甲羅の厚くて硬いことときたらナットクラッカーを使わないでは割れないほどだけれど、その醜い石灰質の箱のなかには眼のうるむような、ひきしまった、精妙な、白い肉がたっぷりひそんでいる。この蟹を食べたいばかりに女房を質に入れたという男がいたら、（婆さんじゃなくて女房をだョ……）、そしてそのため訴えられて裁判所へひっぱってこられ、もし私が裁判長であったなら、右の眼はあたたかく、左の眼はきびしく、無罪を申しわたしてあげたいと思う。（どうせ裁判所を出たらまたぞろ女房といっしょに暮らさなければならないのだから、それを条件にしておけば、何も暗いところで臭い飯を食わすことはありませんテ。）

さて。

毎月よしなしごとをそこはかとなく書きつづって日を暮し送るうちに今年も秋となった。もうそろそろ陽澄湖の蟹の噂さを聞く頃だがと思っているうちに、某日、入荷シテルという情報が電話線をつたわってきた。毎週、火曜と金曜、北京から生きたままで空輸される。午後六時頃に到着する。キロ二八〇〇円見当。匹数にして一キロが六匹から八匹ある。料理してくれる店はアソコとアソコ。蒸したのと豆腐にまぶしたのがいい。アロンジ！（それいけというフランス語。この男は食いしん坊のためにわざわざフランス語と中国語を学んだというほどの狼疾ぶりである）。よし、一年待ったのだ、今年こそはやってやるゾと、女房を家にのこしたままでアソコへでかけた。赤坂にある有名な菜館である。以前この店でバンコックから空輸されたガザミで作った『酔蟹』を試食する会があって出席したことがあるが、醇味、豊満、精妙、まことに結構であった。その記憶があざやかにのこっているものだから、イソイソと繰りだした。部屋へ案内され、待つ間ももどかしく茅台酒をちびちびすすっていると、大皿に盛ってまっ赤に熟《う》れた蟹が登場する。コレダ、コレ。すわこそと体を起し、手をのばし、小皿の酢醤油に足の根元をちょっぴり浸してかぶりつく。吸いとる。むしゃぶる。噛みしめる。甲羅の内側の赤いネットリ、ムッチリしたのを掻《か》きだして小皿へ落し、そそくさと口にはこぶ。頭をかしげ、耳を澄ませる。打撃、こだま、共鳴、それぞれの独立ぶりと交響のしあいをつぶさに味わいたくて、だまりこむ。しかし、どうしたことだろう。この蟹に独特の、あの、とろりとした、香ばしい、澄んだ膩がどこかへ消えてしまっているではないか。〝蟹〟はまさしく〝蟹〟だし、その味がするけれど、テンハオ！　と大声で呻めけないところがあるではないか。龍を画に描いて眼を入れてない。そういいたくなる。豆腐にまぶしたの。エビにまぶしたの。決定的なサムシングが抜けおちて妙にパサパサと乾いているではないか。豆腐にまぶしたの。念のためにもう一皿、最初の〝清蒸〟をとりよせ、八方から手を変えて探究に没頭してみたけれど、かつての香港でのショックにたいする郷愁がかきたてられて体内に繁茂するばかりであった。

①私の舌が変った。

②輸送するうちに蟹が変った。

③蒸し方がまずい。

この三つの理由のうちのどれかである。その一つか。その二つ。もしくは三つともものからみあいである。これほどの名品にこんなことが起るはずがないとの確信は微動もしない。絶望、諦らめ、幻滅、何も起らない。いよいよかきたてられるばかりである。もう一年待って中国へ来年の秋、この蟹のためにだけいってやろうかとさえ考えかける。

家へ帰ってつぶさに物語ると、女房は鼻さきで軽くせせら笑い、ひとりでうまいことしようとするからそうなるのだと、満足して嘲ける。

「私を入れない御馳走なんて……」

ハテネ。

ドジョウの泡

回想して浮かびあがってくるところでは、昔の大阪は他の無数の市とおなじように、市と、郊外と、田舎という三つの輪であった。そして市は市であるから当時すでに静寂を愛する人からは喧騒と汚染の渦と見られていたけれど、それでも子供の私は市の中心部あたりの寺町に生まれて育ち、いまおぼろげに霧のなかに散在する光景を眺めると、苔むした墓石、オニヤンマの羽音だけがひびく夏の夕方、陰湿なイチジクの木のかげに光るヒキガエルの金《きん》色の眼、アオミドロのよどむ池などである。小学校三年生のときに家が郊外に引越したので、それ以後をたどろうとして見えてくる光景はたいてい野原や川や畑などである。夏の夕方になると空には無数のコウモリとトンボが飛びかい、トンボ釣りの子供たちが血相変えて道にひしめきあう。春、夏、秋のいつでもザルやバケツを持って川へいって掻い掘りをすると、甘い柔らかい泥のなかに無数のフナ、エビ、モロコ、ナマズ、ウナギ、ドジョウなどがいた。ピチピチ跳ねるの、ぬらぬら滑べるの、チクチク刺すのがいた。気味のわるいのはクモとコオイムシで、黒と黄のあざやかな輪を胴や足につけたジョロウグモが茂みに巣を張っているところへふいに出会ったときと、無数の卵を背にくっつけた水棲の甲虫がよたよたと水のなかでもがいているのを見たときは、一瞥して全身から血がひいていき、腸のすみまで冷たくなって、手や足がどうにもならず硬直してしまうのだった。

その頃、ドジョウはどこにでもいた。ナマズやウナギは手に入れるのがちょっとむつかしいから子供は夢中になって追いまわしたけれど、ドジョウはそこらの雑草と水のあるところならどこにでもいる。田ッぼの小溝、野川、原っぱの水たまりなど、子供がトンボに夢中になって飛んでいくと、たちまち左右の水たまりに、日光が斜めに射している澄んだなかでたちまち小さな砂煙りがもくもくとたつ。アメンボやマイマイツブロなどは水面をかすめてあわてて逃げるけれど、のんびり日なたぼっこをしていたモロコ、フナ、ドジョウの子などはたちまち砂煙りをたてて遁走《とんそう》するので、ハハァ、いるなと、子供に嗅ぎつけられてしまう。しかし、子供は、ドジョウを軽蔑していた。ドジョウはお尻の穴で呼吸するためにしょっちゅう水面にのぼってきてはモクリ、ポカッと尾をはじいてもぐっていくので、居場所がハッキリとわかり、しかもその居場所がざらにあるので、子供はあらためて努力を傾けて追っかける気がしなくなる。これにくらべるとナマズやウナギは、敏感、狡猾、陰険、そして食べた味、どの点をとってもドジョウよりはるかに上位に位置するように感じられた。

ナマズやウナギは大のオトナがときどき腰に竹籠《びく》をぶらさげて真摯、沈鬱のまなざしで川を攻めているのを見ることがあるから、一人前の男の仕事と感じられるのだけれど、ドジョウを追っかけるオトナを見たことはついぞないので、子供の眼から見ると、やっぱりこれは子供の追っかける魚かと思われて、まじめに追っかける気にはなれないのだった。家へ持って帰って金魚鉢に入れてみるが、ときどき水面へのぼってモクリ、ポカッと尻呼吸したあとは小石のあいだにだらりとのびてよこたわっているだけだし、色も冴えないから、つまらなかった。市場へいくと魚屋の店さきの桶のなかで何十四というドジョウがのべつモクリ、ポカッの乱舞を繰りかえしていて、水面は泡と活気にみちているけれど、とどのつまり、それはドジョウだった。ただし、冬枯れの川岸近くの畑や田ンぼをなにげなく掘ると何十四と数知れぬドジョウがいっせいにからまりあって団塊となって泡や粘液に包まれて眠りこけているのに出会うことがあったが、この光景にはゾッとすくむような鮮烈と凄みがあった。いつもの、小さなヒゲを生《は》やして小さな眼を光らせているおどけものたちとはまったく異なる形相を見せられるのだった。集団とは、たとえそれがゾウであれ、ドジョウであれ、多頭多足の、それ自体の意志を持った未知の一頭の巨獣なのだから、ドジョウも何十四か何百匹かがいっせいにからまりあい、くねりあって団塊と化していると、日頃すっかりなじんでいるはずの子供の眼にも異様にして怪奇と映るものが放射されてくるらしかった。

その後ずっと年がたってサラリーマンとして東京へ移住してからおぼえた味覚の一つがドジョウだった。今から二十二、三年以前のことである。その頃、大阪にはいい中華料理店がなかったから、東京にある、中国人の経営する中華料理にはたいそう感心させられた。にぎり寿司、ソバ、ウナギなどにも感心させられた。いわゆる関西割烹が東京に進出してたちまち東日本を席捲したけれど、そのうちに関西でもなければ関東でもない味のものに変質した。しかし、東京風ではウナギとにぎり寿司が関西へ移植されてたちまちその土地の在来種を駆逐したようであった。つまり東西ともに交流があってそれぞれの出先で在来種と混血し、原種でもなければ在来種でもない一種独特のものができあがり、はびこることとなった。これは日本人の外からの刺激にたいする特異な順応と変奏の伝統が味覚の世界でもおこなわれていることの証左ではあるまいかという気がする。たとえばウィーンの仔牛のカツレツが日本へ来て〝とんカツ〟という非凡なものをつくりだし、そいつをぬく御飯のうえにのせて熱い汁をぶっかけて〝カツ丼〟などという妙手を編みだすにいたる。そしてたちまち日常の常食となってしまう。このあたりの世界に比類ない才腕。みなさますでに日夜、ごらんのとおりである。要は味覚についてならうまければいいのだから、ヴィーナーシュニッツェルとトンカツはどちらがうまいかなどという比較はあまり意味がない。シュニッツェルはシュニッツェル。トンカツはトンカツである。おまけにトンカツにはキャベツのきざんだのがきっとついてくるけれど、誰の着想だろうか、脱帽したくなる絶妙さである。あのキャベツにはしばしばまったく感心させられる。

ドジョウはうまいものなんだ。真夏に汗をたらたら流しながら炭火カンカンのドジョウ鍋をやるのはいいもんだ。ということを教えられたのは東京にきてからだった。その頃、辛口の日本酒の肴としてトコロテンをやることを教えられ、酢と醬油と和辛子のひりひりきいたあの透明なトコロテンをすすりながら舌を日本酒で洗ってみると、まったくいいぐあいだった。素朴とも洗練ともつかぬ涼しい妙趣がある。それはどうやら東京下町の伝法らしかったので、それを教えてくれた人にいわれるままについていってドジョウ鍋を知ることとなった。どの店でおぼえたかは特ニ名ヲ秘スとして、真夏に追いこみの大座敷へとおされ、となりのオッサンの足臭に悩みながらちびちびやっているうちに鍋と小型の七輪がはこばれてくる。浅い鉄鍋にダシを張り、そこへドジョウをならべ、ネギをうんと山盛りにする。そしてグツグツ煮たってくると、サンショをパラパラふりかける。

「……ドジョウは丸のままのと開きにしたのがある。どちらがうまいかは君次第。丸派もいれば開き派もいる。しかし、両派ともネギをコテコテ山盛りにする点では変らない。それと、いいサンショがほしい。ドジョウ鍋ってェのはもともと衆庶の食べものなんだから、凝ったところでタカが知れるし、そんなことをしちゃいけないものなんだよ。そこでその鍋がすんだらつぎに柳河を註文して、どちらに軍配をあげる。聞かせてもらおうか」

その頃はエアコンなんてなかったから扇風機があちらこちらでブンブン回るのだが、炭火と、ダシと、ネギと、人いきれと、汗とで、いっそ壮烈といいたくなるくらい全身がぐっしょり。そこへまたまた柳河がやってきてグツグツいいだし、髪まで汗にぬれる。私としては開きより丸のほうがいい。そしてドジョウ鍋と柳河鍋ならドジョウ鍋に軍配をあげようと、結論する。

その人は「ウム。いいところだ」などと、頷《うなず》く。

ウナギの蒲焼を真夏の土用丑の日に食べることを思いついたのは平賀源内だということになっているが、ドジョウ鍋もそれといっしょにおこなわれるのは兄の出世に弟が乗ったというところかもしれない。その後たびたび私はドジョウ屋にでかけた。会社をこっそりぬけだしてポケット瓶を持って人形町の末広亭へでかけ、西陽になりかかった強烈な午後の陽に煮られて私は赤ちゃけて毛ばだった古畳に寝ころび、前座の噺のお話にも何にもならない下手糞ぶりに呆れながら、ちびちびとウィスキーをすすった。垢でテラテラ光るセンベイ座布団を折って枕にし、寝ころんだままでウィスキーをすすっていると、じわじわ涙がにじんでならなかった。そこにもじっとしていることができなくなって青い焦燥に焙《あぶ》られるままドジョウ屋へいくと、ラッシュの夕刻前のひとときだから、店はがらんとしている。近所の大工の親方か何かと思われるおやじが銭湯の帰りらしく、越中フンドシ一丁の姿で頭に手拭など巻きつけ、ドジョウ鍋を肴にちびちびとやっている。広い玄関のたたきには涼しく水がうってあり、西陽が射して、池のように輝やく。それを見ながらドジョウ鍋で一杯やると、いくらか焦燥が中和されてくるのである。神田連雀町にある『藪』の宗家の『藪』でもその時刻にはそういう静けさがあって、ひととき、なごませられる。うつろな時間にこそ充実があるのだった。

しかし、最近はこのドジョウが激減しつつあるという。べつにくどくどと教えられなくても、減ったと聞いただけでピンとくる御時世である。トンボ、ミズスマシ、アメンボなどが姿を消したのとおなじ理由である。田ッぼがなくなり、野原がなくなり、溝川がなくなり、池が埋立てられる。農薬がまかれ、石油洗剤が流れ、工場廃水がへどろに浸透する。四国、山陽筋、九州などのドジョウが西日本では味がいいとされ、関東では埼玉物が上物だとされていたのだが、いずれも全滅に近く、いまでは北海道と東北数県が天然ドジョウを生みだすだけだが、それも心細いかぎりなので、韓国から航空便で年に数百トン輸入しているのだそうである。味覚としてのドジョウの人気はたいそう高くて、夏はもちろん、年がら年じゅう需要があるのだけれど供給が追っつかないものだから、わるくすると兄貴分のウナギより値段が高くなって、昔のようにドジョウ鍋が安直ではなくなって、次第に高級料理になりつつあるとのことである。しばらく遠ざかっているうちにひどい変化が鍋の中と周囲に発生したようである。

ドジョウはあんなに小さくて、そして人を食った、トボケた顔をしているけれど、あれで栄養価は非常に高くて、全魚類中、はるかな上位に入れられる。ウナギにくらべると脂肪がいささか落ちるけれど、他の美徳ではヒケをとらないのだそうである。そして、野生でいるときには雑草とおなじくらいに見られていたのだが、イザ、人間が養殖するとなると、なかなか面倒で厄介なのだそうである。年がら年じゅう卵を持っている点ではニワトリとおなじで、いくらでもいつでも増殖することができそうだし、事実、できるのだが、一キロのウナギは一年たつと十キロ、十五キロになるのにドジョウは三キロか五キロにしかならない。それでいて面積が必要だし、しじゅう新しい空気を送りこんでやらないといけないし、小指ほどの穴から一晩で池の半分ぐらいの数がぞろぞろと逃げだすし、雨が降って池が増水するとピョンピョン跳ねてとびだしちゃうし、カラス、トンビ、カエル、ネズミ、イタチなどにも狙われる。そこへもってきて近頃は人間の値段も高くなったので人件費がカサむ。この人件費を減らすか、ゼロにするかだとドジョウはいつでも需要のある魚だし、ウナギのように稚魚を外国から輸入しなくてもすむので、安定した収入源になれる。

だからそこに眼をつけて農家が休耕地を利用したり、水田にほりこんだりして家内手工業風の副職にする。それはまことに結構だが、たいていは種苗のドジョウを買ってきて田ンぼへじゃぶんとあけてあとはそれっきりだからダメ。もっと小まめにいろいろと面倒を見てやらなければいけないのだ。ドジョウだからといってバカにしちゃいかんのだ。ドジョウも生きものなんだ。自分と種族のために生きようと必死なんだ。農文協というあまり聞かない出版社があって、〝社〟というよりは社団法人である。正しくは農山漁村文化協会。ここから『ドジョウ』というぶっきらぼうな題の小冊子がでている。小さな本だけれど昭和42年に第一版がでて八年後の昭和50年に第十八版がでているから、かくれたヒットである。著者は渡辺恵三氏。この人、出身は早稲田の法科なのに、敗戦後、思うところあり、一転してドジョウの育成にうちこんだ。仕事場は栃木県塩谷郡氏家町の約六〇〇坪の池。そのふちにお粗末なバラックを建てて、麦飯とドジョウを食べつつ明けても暮れてもドジョウの世話という篤学、篤農の人である。毎年四月になると日本全国から約四〇〇人近い人が五日間の講習をうけにここへやってくるのだそうである。こういう篤志家がいないことにはわが国の鳥獣虫魚はおさきまっくらと感じられる状況で、釣りの餌にするイソメやゴカイまでを外国から高い運賃を払って航空便で輸入しなければならないという破天荒な惨状に私たちがおかれていることはこれまでに何度か書いたことだし、私が書かなくてもみなさんとっくに御承知の事態であるが、この人の今後の努力を期待しますと書くのが精いっぱいのところである。ドジョウは食べてうまい魚だが胃潰瘍にも利くとされているし、裂いた生《なま》のを貼りつけると火傷《やけど》が治るといって子供のときにやられた記憶はドジョウ鍋を見るたびによみがえってくる。渡辺氏ひとりが巨人的な〝工業化〟というブルドーザーとたたかっても……と思われはするけれど、だからといって何もしないのと何かするのとではやっぱり相違がある。五十歩百歩という言葉はあるけれど、現実ではしばしば五十歩と百歩とでは大きな相違があるのだ。渡辺氏はそこを知りぬいておられるはずである。だから氏はその言葉をタブーとしておられることであろう。昔から、知ル者ハ言ハズとか。

ソバの花

山に棲む魚を標高順に順位づけていくと、イワナ、ヤマメ、ハヤ……ということになる。イワナは渓谷の源点、またはそれに近いところに棲み、ややさがってヤマメ、それからややさがってハヤとなる。けれど、場所によってはイワナとヤマメが混棲しているところもあり、ときにはイワナとヤマメとハヤの三者が混棲しているところもある。しかし、本州の山釣師が〝イワナを釣りにいく〟ということになると、たいていの場合、渓流の最深部、最高部までもぐりこむことを意味する。足ごしらえをしっかりし、食糧を持ち、しばしばロック・クライミングまがいのこともする覚悟と準備をしていかなければならない。例外は北海道で、私のよくいく道東地方や知床半島一帯では、平野でヤマメが釣れたり、海の見えるところでイワナ（オショロコマ）が釣れたりするので、たいそう異質の魅惑にふけることができる。

イワナの釣れる場所にはしばしば〝平家の落人部落〟と呼ばれるものがある。そのあたりにはたいてい鬱蒼とした、斧《おの》知らずの原生林があり、風倒木が苔むすままにころがり、枯葉が厚くてふくよかな床となっていて、倒木の暗い洞《うろ》のなかにはのぞきこむとヒキガエルが不動の姿勢でうずくまって金《きん》いろの眼を光らせていたりする。〃落人部落〃なるものは、急峻な断崖のうえの二、三軒、四、五軒の藁葺屋根の群落であり、小さな山畑を裏に持っていたりするが、いつ見ても人影がなく、ひっそりとしていて、土間には鍬といっしょに冷《ひ》えびえとした闇がよどんでいる。近頃ではおきまりの過疎現象で、人がひとりも棲んでいない、戸をあけはなしたままのゴースト・ヴィレッジを見かけることも稀れではない。石垣が亡びるままになっているそういう寂滅の道をたそがれのころに歩くと、太古の時界にさまよいこんだようで、マッチや罐詰を何個持ってきたかと、何度もそらでかぞえかぞえしていきたくなってくる。

季節がうまくミートしてくれると、そういう道をたどっていて、ときどき道ばたの小さな山畑にソバの花が咲いているのを目撃することがある。私は何度も目撃しているのだが、いつも、ああ、ソバが咲いていると見るだけで、たちどまってゆっくりと観察したことがない。おそらくイワナをめざすはやりがこころをしめていて、一刻も早く朝まずめの短命な、澄明でひきしまった時刻のうちに穴場へたどりつきたいものと、あせっているからであろう。けれど、やや汗ばんでうわずった私の速い眼にのこっているのは、白い花、緑の葉、赤い茎である。花が白くて、小さくて、簡素そのものであるらしいということのほかは、それがどんな形をしているのか、じッと手にとって眺めたことがないので、どう思いだしようもない。茎の赤はアカザとおなじくらいか、それよりやや濃いか、それとも、やや淡いか。思いだそうとすると、やっぱり迷ってしまう。花の白。茎の赤。葉の緑。これにときたま東京の老舗のソバ屋でだされる〃ソバ味噌〃にまぜられているところを思いだしてつけたすと、あれは煎《い》ったものだけれど、実《み》は黒いということになる。黒くて、プチプチと歯ごたえがよくて、淡泊な香ばしさがあり、おとなしい、ひかえめな酒量の日本酒のサカナには品のいいものである。この小さな、黒い実の核心の部分だけを挽いて粉にしたのが純白の〃一番粉〃、〃さらしな〃、〃御前ソバ〃と呼ばれるもので、甘皮を挽《ひ》きこんだのがやや薄黒い〃二番粉〃、〃藪〃、店によっては〃生粉《きこ》打ちソバ〃などと呼んでいるもので、いくらか辛口であり、ひなびた香りがある。私は大阪生まれの大阪育ちなので、ウドンになじむほどにソバにはなじんでいないので、力みこんだ批評は東京人にいっさいまかせるとして、ただ純白無雑の〃さらしな〃と、いっそ徹底的に黒くてゴワゴワモクモクとした〃出雲ソバ〃なら、二つのうち、二つとも好きだと書いておきたいだけである。そして、どちらも、刺身とおなじで、やたらに手を加えず、おつゆにつけてただツルツルとするのが、いちばんであると思っている。ソバやトコロ天をサカナにして酒を飲むことを教えられ、開眼したような気になったのは、東京に住むようになってからのことで、これには感心させられた。

　シラカバとスズランは見た眼には美しいけれど不毛地に生えるものなのだということを北海道でよく聞かされるけれど、ソバも不毛地の産物なのだということを聞かされる。よくよくの不毛地のことを〝ソバも生えない〟とか、〝シラカバも見放した〟などといって、あまり名誉なことの代名詞に使われない気配がある。だから、信州のソバがうまいということは、ソバのうまいのはいいとしても、信州の土はまずいのだといってることにもなり、ちょっと肩身のせまい思いがするのだと信州人に教えられたことがある。けれど、もうちょっとたずねていくと、ソバは不毛地でないと育たないのではなく、肥えた土でも立派に育つのであるが、そういう土ではほかに育つものがたくさんあるので、たまたまソバには不毛地をあてがってやるまでのことなのであると教えられる。それに、ソバが麦や米にない絶妙、独自の味をだせるのは高原の不毛地にありがちな霧と寒冷のおかげなのであるから、その剛健と忍耐があのかるみと純潔を生みだすのだ。あまりばかにするな。何もいってないのにそう力みこんで教えられる。こちらは感心しているいっぽうなのに……

おそらく畑でなくて山の道ばたに咲いているだけならソバはアカザや何かの、名もない雑草の一種として見すごしてしまうしかないだろうと思われる姿態である。けれど、よく手入れされたことが一瞥してわかるつつましやかな山畑にいちめんに白い花が咲いているところを見ると、豪奢《ごうしゃ》な華やぎはないけれど、野性と透明さの漂う、はかないような、可憐なような、声のない歓声を感じさせられるのである。花としてはワスレナ草とおなじくらい小さくて、つつましやかで、けなげではあるけれどひっそりとしている。しかし、それがいちめんに群生して咲いているところを見ると、まだ声をだすことも知らない幼女たちがいっせいに拍手しあっているような気配をおぼえさせられることがあって、ほほえましいのである。人の姿も鳥の影も犬の声もないような寂滅の山の道で、とつぜん澄明なにぎわいとすれちがうのである。それを見てはじめて、ああ、ここにも人が住んでいるのだなと、知らされる。太古が、太古のままで、ただしそのときむっくりたちあがってくるようである。

近頃、魚通《つう》といっしょにスシ屋へいくと、タイはオーストラリアからきた、エビはメキシコだ、イカはアフリカだ、ウナギはメソ（仔）をフランスから輸入して育てているのだなどと聞かされ、いくらも聞かないうちに暗澹となってくる。ソバも似たようなもので、あの白い花をどこにおいて考えたものか、迷いに迷うのである。

「初物を食べると七十五日生きのびられるってのはソバからきたハナシですよ。昔、ある罪人がお白洲で、この世のさいごの思い出に新ソバを腹いっぱい食ってみたいといったところ、粋なおはからいで、さっそくソバの種をまいた。すると七十五日でデキたので、そのあいだ当の罪人は生きのびられたのさ。と、まあ、いうぐあいでしたのさ。けれど、当今じゃ、わが国のソバの六割か七割は外国産でしてナ。春ソバ、秋ソバのけじめのつけようもない。中国、アフリカ、カナダ、ちと飛んでブラジルなどというのもあります。ブラジルはコーヒーだけじゃないんですよ」

「ソバは高原の霧の多い寒冷地がいいそうだけれど、そうなるとアフリカならキリマンジャロか。コーヒー通《つう》がキリマンジャロだ、モカだ、何だといってやかましいけれど、ソバもそうなるか」

小さな、白い花をキリマンジャロの大高原においてみるのは雄大な対照の効果があって愉しいけれど、わが国が全土にわたってソバもできなくなってきたのかと思うと、荒寥《こうりょう》がしのびよってくる。どこの産でも味がおなじならいいじゃないか、食べられればそれでいいじゃないか、というぐあいにはいかない。《味》は事物そのものと、それ以外のさまざまなものからくるのである。これほどの荒寥をかかえさせられては、眼をつむるしかないのか、ただまじまじとあけたままにしておくのか。

ソバの花の咲くあたりでとれるもののことも書いておきたくなってきた。このあたりでは山菜がとれる。ワラビ、コゴメ、ヤマウド、ヤマブキ、木の芽、トンブリ（ホウキ草の実）、ミズナ、マイタケを筆頭とする何種類もの茸《きのこ》類、そのほか。ソバ畑の切れたあたりから崖づたいに渓谷へおりていこうとするとヤマウドが芽をだしているのをよく見る。イワナ釣師はそういうものを見つける眼が鋭いので、釣竿のほかに鉈を一梃腰にさげて山へでかけるのである。そして、魚が釣れないとなると、山菜とりに転じて、崖をサルのようにつたい歩きしながら鉈でヤマブキを掘りおこしたり、切りとったりして宿へ持ってかえる。みずみずしい、剛直なヤマブキの茎には気品高いホロにがさが含まれていて、山家の手作りの、塩辛い、大豆がポツポツとつぶされのこってまじっている味噌につけてパリパりとやると、お酒がいくらでも飲めるのである。ホロにがさこそはあらゆる味のなかで舌を洗い、ひきしめる効果もさることながら、もっとも貴《とうと》い、峻烈を含んだあえかな味なのだという感想はいつかの稿で書きつけておいたはず。山菜によくあるホロにがさこそはそれだ、ということも書いたと思うのだが。

山をいくと急峻な崖っぷちや谷のちょっとした平場に粗末な掘立小屋があって、ドラム罐で湯を沸かしているのを見るが、あれはワラビとりである。山からとってきたワラビはすぐ湯につけ、そのあと、むしろにひろげて天日で乾かさなければならない。これは聞けば聞くほど、たいへんな労働である。さかりの短い植物だから一週間か十日ほどは夫婦二人で山ごもりして一日に何十キロというものをとってきては湯搔いて干さなければならない。夜もおちおち眠れないのである。一日に何十キロもとる、といっても、崖をよじのぼり、けもの道をつたいしての上り下りなのだから、とても人間業とは思えないような重労働である。ろくな食事もできないのだが、かといって栄養をとらないとまっさきに眼が見えなくなってくるから、町で塩をたっぷりきかしたクジラの脂肪のかたまりを買ってくる。それを縄でくくって小屋の天井からぶらさげる。食事時になると鍋に味噌汁を作り、そのなかへドブンと脂肪を浸す。味噌汁に大きな、ギラギラ光る、生臭い脂の輪がひろがる。いいころを見てひきあげる。そうやって三度三度、毎日毎日、つけてはひきあげ、つけてはひきあげしていると、しまいに脂肪のかたまりは脂がぬけて、すっかり小さくなり、ちぢんでしまう。両親にかまってもらえず、兄弟もいず、遊び相手もいない這い歩きのひとり子は、使い古しの石鹸のような、飴《あめ》色とも何ともつかなくなった脂肪の滓《かす》を噛み噛み、一日をぼんやりとすごすのである。

ヤマイモをすりつぶして、それだけをつなぎにして裏の山畑でとれたソバを打つと、見たところは四番手とも五番手ともつかないまッ黒の田舎ソバであるが、それをモクモクゴワゴワと食べながらルンペン・ストーブのよこでタヌキをとる話、クマを追っかけて山から山へ新潟県から栃木県までいってしまった猟師の話、クマの胆にはときどき〝水胆〟といって苦味の薄いのがあるという話などを聞かされる。どの話も毎日のように繰りかえし聞かされるのだが、こういう場所では奇妙にいつも何がしかの味があって飽きがこないものである。新潟県北魚沼郡湯之谷村銀山平《だいら》の村杉小屋のカアチャンは気立てのやさしい、こころあたたかい山の母さんであるが、マイタケをとる話になると、眼も声も一変する。何しろこれは親子はもちろん夫婦の仲でも見つけた場所をいわないというほどの超越的逸品であるから、どうやって村の連中をだまし、たぶらかし、眼をそらさせ、あとをつけられないようにしてぬけがけの功名をやったかという話になると、カアチャンは愉しくて愉しくてならないのである。眼がキラキラ輝き、声がせきこんでもつれ、ついぞ日頃見かけたことのない辛辣や嘲笑があらわに登場してきて、その変貌ぶりには毎度のことながらおどろかされる。

カアチャンの観察するところによると、男と女ではマイタケとりの方式がまるで異なるのだそうである。そして、男の方式ではしばしば他人に先回りされて失敬されてしまうのだそうである。トウチャンはあそこの木のあたりがクサイとにらむとまっすぐにそれをめざして山をのぼっていくから、たちまち露見してしまう。けれどカアチャンは老獪《ろうかい》である。あの木がクサイとにらむと、まっすぐにそっちへはいかず、どんどん右へ右へといく。それからちょっとのぼり、今度は左へ左へと、ずんずん歩いていく。そうやって遠く、広大に、迂回《うかい》し迂回ししながら、半日も一日もかけて、しぶとくジリジリと目標へ接近していくのだそうである。けっしてあせらぬことである。鍛えぬいた健脚と不屈の意力にものをいわせ、一見のんびりした、晴朗な顔をよそおって、ジグザグ状に山を縫っていき、何が何でも、かならず、めざす獲物を手に入れる。こうなるとトウチャンは正直すぎるうえにせっかちすぎてだめである。

カアチャンはマーガリンを舐《な》めつつ

「マイタケとりは女の勝ちですョ」

満々の自信でわらう。

村杉のカアチャンはいよいよ健在のようである。けれど、よその山の宿でマイタケとりの話を聞くと、やっぱり女のほうが男よりはるかに狡猾、貪慾、不屈、執拗だという点では変らないけれど、ときどきそれゆえに深入りしすぎて谷へ転落したという話を聞くこともある。すべての茸には一匹の魔が棲みついている。

南国を食べる

日本人記者が毎日浸っていながら一行も報道しないことの一つが、ヴェトナムは美食家の国だという事実。ちょっとお耳に入れておきたい。

ヴェトナム料理はおおまかにいえば中国料理の一分派である。中国料理から脂肪分をぬきとって、そのかわりにドクダミ、セリ、サンショ、レタスなど香草の類《たぐい》をたっぷり入れたのがあそこの料理である。

〝フォ〟というのはウドンのことだが、これも太いのや細いのや、いろいろある。娘さんやおばさんが竹籠に盛り、天秤棒《てんびん》でかつぎ、腰で調子をとりつつ、ゴム草履ペタペタ、朝の町を呼んで歩く。それを呼びとめて、道ばたにしゃがみ、皿にウドンを盛り、そこに草や臓物やエビ、いろいろのせ、例のニョク・マムをふりかけて掻《か》ッこむのである。なるべくゆるゆると、ものうげにあたりを眺めやりつつ、ゴミ箱のかげあたりでやるのがいいようである。ときどき箸を持ったまま指で鼻をおさえてピッと洟《はな》をとばすのも一興。

エビ。ウナギ。ライギョ。ハト。イヌ。タヌキ。カメ。ヘビ。それにカラシ菜の煮たのなど。また、カエルや、〝絹のブタ〟と呼ばれる豚肉のペーストや、お寺の坊さんたちが食べさしてくれた、どこをどう嚙んでも肉や魚としか思えない、しかし徹底的にそうではない精進料理のいくつか。手あたり次第にしゃがんだり、すわったり、あぐらをかいたりして私はむさぼり歩いたものである。あの国でしばらく暮して日本へ帰ってくると、道ばたにしゃがんでメシを食わないのが何やらさびしく、コップに氷を入れてからビールをつがないのが何やらまちがっているようであり、トリの骨を肩ごしにうしろへポイポイむぞうさに投げてはいけないというのが何やらとんでもない偽善のように思えてくる。チャアシュウメンは酢漬のトウガラシをたっぷり入れ、菜ッ葉をいくつもちぎって入れ、ゆっくりと濃いスープにまぶして食べるものであり、ときにはトウガラシのかわりに南京豆をつぶしてまぜてみたり、肉の入った月餅《げっぺい》をちぎって沈めたりして食べるものなのである。

(トウガラシはアノ方に悪いと思いこんでいるヴェトナム人もいるが……)

アメリカ兵は《ハーフ・ハッチド・エグ》と呼んでいるが、卵のなかでヒヨコがかえりかけているのを夕方の河岸で川風に吹かれつつビールといっしょにやるのが、たいした通であり、ゴキゲンであり、シックであり、そのあとくのいちを幸福にさせるのに一番のエテキチだと思いこまれている。

卵のなかでヒヨコが立派にくちばしも、羽も、足も、頭も、目も持って眠っている。それを持ってきて、パチンと割って食べ、あとくちをグッと33ビールで流し、舌にのこったモゾモゾを、これまたあわてずさわがず、ものうげにつまみだして、肩ごしにうしろへポイと投げるのである。あくまでも、ものうげにポイと、やらねばいけない。ものうげに、というところにコツがあり、素養、たしなみが必要とされる。あくまでも敏捷《びんしょう》、苛烈、容赦なさをかくしつつ、なにごとも、ものうげに、トロトロと、しなやかに、そしてだらしなく。それが、ア・ラ・サイゴンである。

ニョク・マムは、まず日本のしょっつると考えていただいてよろしい。魚、塩、魚、塩と順にかめのなかに漬けていって、石をのせ、酸酵させ、トロトロとでてきた汁。これを飯、おかず、肉、魚、いっさいのものにブッかけ、フリかけ、またはちょっぴり浸して食べる。上質のものはニャチャン産の小エビのそれで、何年となく寝かし、澄みに澄んでいる。けれど、ゴミ箱のかげや最前線で兵隊といっしょに洗面器のまわりにしゃがむときなどに登場するのはナンバー・テンのナンバー・テン、匂いをかいだだけでアタマが痛くなりそうな、黄濁した腐汁である。つきのもののあとのかいを、あれ、あせ、あか、すべてにたにたねとねとのままあらいもゆすぎもせずに、いきなりはなさきへぬうっともってこられてもあなたはたじろがずにいられるだろうか。まさにそのままなのであるが。ぶんかいかていにあるたんぱくしつはすべてそのにおいをたてるのであるが……

ヴェトナムのウナギは日本のウナギとはかなり異り、金粉をまぶしたような明褐色をしていて、むしろウミヘビに似ている。しかし、その肉は、日本のよりも淡白で、シコシコしまったところがある。ランプとスコップと庖丁をのぞけば石器時代そのままといいたいメコン河のバナナ島にいたとき、ニッパ・ヤシの小屋で、よくライギョやウナギを御馳走になった。

ウナギもライギョも一度ゆでてから、湯気のたつのを皿に入れ、それを竹箸でついばんではひときれ、ひときれ、何やら白い汁のなかに浸して食べるのである。この白い、どろりとした、けれどちょっと淡白なところもある汁は、ヤシの実の核外部分の肉、つまりコプラをすりおろして、とかしこんだものである。それにゆでたウナギをちょっぴりつけて、口へはこぶ。

ふしぎな、素朴な、けれどよく考えたあげくの工夫のような味が舌にひろがっていく。このコプラの匂いは何かを思いおこさせる。そうだ。女が髪を洗ったあとのほのかな香りである。この国の女が使う貧しいが優しい香料には、きっと、このコプラが、いくらか使われている。それだ。その記憶の遠いこだまだ。

バナナはうまい。パパイヤは消化にいい。パイナップルは粗塩にトウガラシ粉をまぜたのをちょいと一刷《ひとは》きぬって食べると、きつすぎる甘さが殺されてかえって甘さが生きかえり、芳香、醇汁、顎へポタポタとしたたりおちる。ベン・ルックの橋にバスがとまると、兄と弟、二人の乞食がかけつける。弟がギターを掻き鳴らし、兄が盲目の眼を瞠《みは》って叫ぶがごとく脅すがごとく歌をうたってお鳥目を請うて歩く。

何もかも、そのままだった。三年前にそのままだった。思いなしか兄は少しふとったようですらあった。パイナップルは五ピーだったのが二〇ピーになってはいたけれど。三年前の私もやっぱりおんぼろバスの窓にもたれて果汁を惜しみなく顎にこぼし、おどろくべき南の芳香におどろいていた。ただおどろいていた。窓にかけた肘もまったくそのままの位置で……

亜熱帯夜を嚙みしめる、ビーフ・ジャーキー

大昔から肉体の疲労は甘味を要求し、精神（もしくは心、もしくは神経）の疲労はアルコールを要求するということになっている。いろいろと暑や寒の異なる地帯で寝起きして経験をかさねたが、ほぼこの定則通りの反応があり、したがって定則にしたがって対応し、処理してきた。遠い、暑いジャングルで野宿して暮すときにも水筒に酒をつめて持っていくことはいくけれど、正直いってあまり飲む気になれないし、うまくもない。舌と唇がひからびてザラつき、口に一滴を入れても水のようにころがってくれないのである。

しかし、都市に引揚げてきてホテルに入り、全身に苔のようにしがみついている汗、垢、脂、ダニなどを洗い流し、ついでに忍、苦、痛、痒なども洗い流し、ひんやりとしたバー・ルームに入っていって黄昏のマーティニをすすると、ジンがビーフイーターだろうが、ゴードンだろうが、おかまいなし。水のように舌をころがった一滴が胃に落ちて開花し、チクチクと小さな花火を炸けさせつつ、たぐまった腸のすみずみにまでしみこんでいくとき、その一瞬だけは、生きていてよかったと思う。瞬後にたちまち酸化して腐敗してしまうとわかりきっていながらも、光輝のなかでほのぼのと眼を細めたくなるのである。

肉体の疲労は甘味を要求する。たしかにその通りである。これは定則であり、鉄則である。しかし、その疲労がおびただしい汗の流出によるものであるなら、甘味に手をだすよりさきに、ひとつまみの塩に手をだすのが賢明である。塩がそこにあるとしての話だが、ヒトの肉の枯れは水と塩と二つの喪失で起るのである。これはヴェトナムで作戦に従軍するときアメリカ人の軍医に塩のピルをもらい、それをかじりかじりゴム林や砂糖キビ畑を狙撃におびえつつ歩いたときの体感で、よくわかった。軍用に開発された塩の錠剤があって、これは暑熱のさなかでの疲労防止にメリメリときいた。そういう擬音語を書きたくなるくらい効果がよくわかったのである。

だから、汗をかくと予想される場所へお出かけになるときはキャンデーやチョコレートのほかに塩のピルがなければ塩そのものをホンのひとつまみビニール袋か何かに入れて携行なさるとよろしい。アマさとカラさは一枚のカードの表と裏だと思うことである。これは料理の秘訣であり、文学の秘訣でもあり、すべての芸術のそれであり、ヒトの世に棲んでいく知恵のそれでもあるんであって、けっして忘れてはいけない。オシルコに塩昆布を一片つけてだす店があるし、東南アジアの田舎のバス停では子供がパイナップルの切身を売ってくれるとき、マセた手つきで黄熟したパイナップルの切口にさっと塩とトーガラシ粉をまぜたものを塗ってくれることがある。オチンチンが見えるくらいボロボロになったパンツを一枚はいたきりの、その、素っ裸の少年に、君は、相反するものを結合せよという英智を感知しなければいけない。トカゲのように素速いその手のさりげない閃きに……

小笠原諸島へ釣りにでかけたときに段ボール箱へ何種類となく、何個となく、ゴタゴタぎっしり、缶詰のミツマメをつめこんだ。母島について出漁のときにその何個かをぬきとって漁船の甲板下のアイス・ルームにほりこみ、午後のガンガン照りにとりだして、あける。汗粒をかくくらい冷えこんだその一缶にはすばらしい、爽快な甘さがあって、声をたてたくなるのだ。いろいろのメーカーのをためしてみたが、当時では栄太楼のが傑出していたネ。これには白蜜と黒蜜の二種があり、いずれも蜜は袋に入って缶底にくっついているので、プツンと突くと、むくむくとわきだしてくる。大納言小豆の一粒か二粒。サイコロ型にカッティングした寒天の固いしまりと鋭角ぶり。イヤらしいピンク色に染めたサクランボがきっと入っていることをのぞけば、あとはいうことなし。イタれりつくせりの精妙な心づかいがうれしかった。参考までにと思ってアメリカ製のデルモンテのフルーツ・カクテルという缶詰も持っていったのだが、お話にならなかった。これは何種類もの果実のコマぎれをカクテルにした缶詰であるが、栄ちゃんにくらべると、ぞんざいで、大味で、ボワボワし、とても、とても。

その後、久しく栄ちゃんに接するチャンスがないが、初心一途、シコシコと当時のまま、白蜜、黒蜜、小豆、サイコロ寒天など、法灯をひとり守ってやっていらっしゃるんでしょうな。あれほど精妙な味覚と色感と舌触のアンサンブルを演出なさるあなたがどうしてあのイヤらしい浅ピンク染めのサクランボを一個プット・インなさるのか、理解に苦しみます。ラーメンにナルト巻きがきっと一片入っているような、そのような感覚からかと思いたいのですが、国際的商品のデルモンテをあれだけみごとに引離しておきながらこの一点だけにマイナスを残していらっしゃること。こればかりが、もし今でもそうなら、残念でなりませぬ。よろしく御検討のほどを……

（どうしてもオンナの子の眼をひきつけるためにかわいいサクランボをミツマメに入れることはやめられない。それはさながら空気が酸素と窒素で構成されているようなものであると、力説なさるのならば、せめて色を深紅にするとか。何とか。改善の余地があるのではないでしょうか!?）。

東南アジアのチャイナ・タウンを歩いていると、きっと、乾燥牛肉なる物にお目にかかれるから、田舎へいくときにはきっと持っていかれるのがよろしい。これはアメリカのビーフ・ジャーキーにあたるもので、牛肉を日干しにして表面に香辛料を塗ったものである。カリカリに乾いたのとシットリ湿ったのと二種ある。オヤツにもいいが、酒のサカナにもなる。田舎の宿では電気も水道もないから、ローソクか豆ランプをあてがわれ、そのゆらゆらする小さな灯ではとても本を読むなどというシャレた真似はできない。パンツ一枚になってじっとり湿った蚊帳のなかに寝ころび、ノミ、シラミ、南京虫、ゴキブリにたかられてあちらこちらポリポリ掻きつつ、壁のヤモリの鳴声を聞くしかないのである。これは可憐な、素速い、よく働くトカゲで、ランプの灯に寄ってくる虫をせっせと食べてくれる。夜じゅうおたがいにチッチッと鳴きかわしつつ勤勉に働き、朝の光といっしょにどこかへ消えてしまう。エアコンが大嫌いという敏感な古典主義者でもある。半壊れのがブンブン鳴りだすと、たちまち消えてしまう。

そういう亜熱帯の夜をうっちゃるには手さぐりでバッグをひきよせて乾燥牛肉を口に入れる。これはもぐもぐ嚙みしめると、おっとりと甘いなかにヒリヒリとした辛さもまじえてあり、ときにはニンニクの味がするのもあったりして、白想の時間を殺すことができる。アメリカの田舎の雑貨店では手製のと工場製のと二種を売っているが、手製のはデコボコしていてセロファンで包まれてもいず、むきだしであるが、しばしばこちらのほうが深い味がする。見たところはぞんざいでもあり、不潔でもあるが、味に誠実さと丹念さがあり、もぐもぐ嚙みしめるうちにつぎつぎと舌に出てくる味に作った人の読みの深さが感知できる。ビーフ・ジャーキーと乾燥牛肉と。二つを並べてみると、香辛料の違いはあるけれど作り方の発想がまったくおなじである。しかし、東南アジアには豚肉で作ったデンブがあって、これは白人の考えつかなかった物ではないかと思う。見たところもくもくしてトロロ昆布そっくりで、はんなりとした塩味がついている。これにちょっと酢をうつと最高の酒のサカナになる。

（……豚肉では、なお、カマボコそっくりのものが作られる。これまた酒のサカナとしていいものである。しかし、ドイツの白ソーセージを食べると、ちょっとこれに似た歯ざわり、舌ざわりがする。このカマボコは淡白そのもので、何のスパイスも入っていない。もしくは、ほとんど入っていない）。

南方のヤモリの一種でトッケーというのがいる。ふつうのヤモリより体が大きく、ぶよぶよのゴム質の肌に青点が散らばっていたり、赤点が散らばっていたりする。東南アジア一帯ではこれがトッケーと呼ばれるが、ヴェトナムではカッケーと呼ばれる。学名はゲッコ・ゲッコ。どれも鳴声から来た名である。夕方から庭や草むらへ出張してきて、トッケ・トッケ！　カッケ・カッケ！　ゲッコ・ゲッコ！……甲《か》ン高い声でつづけざまに鳴きたてる。とてもトカゲとは思えないような高声なので、慣れないうちはおどろかされる。それがつづけて七回鳴くと幸運がくるというので、ポーカーをしたり、マージャンをしたりしてると、みんな耳をかたむけて一つ、二つ、三つ……数をかぞえるのである。しかし、何度聞いても七回までいったことは一度もなく、たいていは四回か五回で終り、配牌はヨンパーのまま。クンロクになってくれない。

倦怠で重くなり、焼酎で熱くなった体をじっとり湿った板台によこたえ、くたびれた雲のように壁から吊された蚊帳を眺め、裏庭のトッケーの叫声に耳をかたむける。乾燥牛肉をもぐもぐと嚙みながら、茴香《ういきょう》の匂いのつんつんする焼酎を瓶ごと口にはこんで、一口《ひとくち》ずつ荒れた舌にのせる。ローソクの灯がゆらゆら揺れ、傷だらけのテーブルから臘涙《ろうるい》が屍液のように一滴ずつ、床へ落ちていく。ねっとりと重い風はあたたかく湿った女の掌のようだが、塩の匂いと味があり、海が近いことを感じさせられる。マングローヴの叢林にねばねばした、新鮮な潮がおしよせ、カニが穴から這いだし、ガラス細工のようなエビが躍っていることであろう。破れたタイル張りの床《ゆか》のすみっこに熟れたドリアンが一コころがしてあり、まるで香水瓶の栓をぬいたように芳烈な香りが部屋にたちこめている。壁や床が女の吐息をつくようである。

そんな夜。

買ってくるぞと勇ましく

仕事場をつくって、そこにたれこめ、もっぱら自炊にたよって暮しはじめてから若干になる。一年たったとか、二年たったとか、年でかぞえるよりは月でかぞえたほうが早いぐらいの時間しかたっていないから、〝若干〟である。真性というよりは仮性である。そのうえ、ときどき女房がやってきてキッチンを支配するから、いよいよ仮性である。

仕事にいきづまって朦朧となりながらも気力と体力にゆとりがあるとき、台所にもぐりこんで妙な料理をこしらえたり、皿を洗ったりするのは気散じにいいものであることがわかった。これまで私は腕の上下はともかくとして、とにかく〝プロ〟のつくったものを食べるだけですごしてきた。そしてその味がいいの、わるいの、ワカッているの、いないのと、批評を下すことですごしてきた。つまり、ある国文学雑誌の誌題を借りて申すと、〝解釈と鑑賞〟にふけってすごしてきたのである。それを座談会で喋《しゃべ》ったり、作品に書いたりはしたけれど、ひたすら解釈と鑑賞だけだった。自分で台所にたって火にフライパンをかけたり、また、食べたあとでそれを洗ったりなどということは、思いもよらぬことだった。ましてや、ショッピング・カーをおしてスーパーへいったり、魚屋や八百屋の店さきで、あくまでも自分が料理するものとして光沢や艶《つや》の観察にふけるなどということは一度もしたことがなかった。

一週間に一度、スーパーへ買出しにでかけることにしているが、これがなかなかの鍛練と用心を必要とするものであるということが、ようやく、いくらか、呑みこめてきた。この仕事場の周辺にはラーメン屋もなければトンカツ屋もないし、ピザ・ハウスもなければマクドナルドもないから、どうしても料理は自分で作るよりほかなく、当然のことながらスーパーへいくしかないのである。このスーパーというヤツがなかなかの曲者で、ついついドヒャーッと買いこむ仕掛になっている。

べつにCMを流しているわけでもなく、マイクで訴えているわけでもない。強制もなく、威迫もない。プラスチックの買物籠を腕にかけて、ただブラブラと歩いていくだけのことなのだが、どこかに何やら目だたない仕掛が仕組んであって、ついつい余分に買いこんでしまうようになっている。

たとえばダ。

今日は一丁、スキヤキでやったろかと思う。そこで出がけにメモをとってみる。砂糖や醬油はすでに買いおきがあるから、買わなくてもよろし。肉と、ネギと、シラタキと、豆腐である。メモするまでもない。ショッピング・カーを持っていくまでもない。晩年の永井荷風みたいに下駄ばきで買物籠だけ持っていけばいいのだ。物を買うというのは、やりつけてみるとなかなかに愉しいことであって、女が夢中になる心理が何となく呑みこめてくるのだが、それがたとえネギ一束であっても、何やらエラクなったような気がする。お客は王様だとはうまくいったもので、金を払うヤツと払われる、または払わせるヤツの関係をズバリといってのけている。これが現代の日本ではしばしばメッキ物の定言であることはアタマで承知しているつもりだが、私のようなショッピングのアマチュアはついつい甘くひっかかってしまうのである。

蛍光灯がついて、冷房がしてあって、だだっ広くて、どこのスーパーへいっても、ア、これだとその場でわかる一種独特の匂いがスーパーにはただよっている。ここはおかみさんたちの体育館であり、円型競技場であり、しばしば美容院でもあれば、ときには精神病院でもある。

それが、わが『スーパーたまや』では入口が野菜や果物からはじまり、ときにはそのあたりにハイビスカスやバラの鉢植えが並べてあって、こないだはハイビスカスが四五〇エンだったものだから、安イと思ったはずみにオデン種だけを買いにきたつもりなのについ手がのびてしまったが、そのあと、乳製品だ、罐詰類だ、調味料だ、お菓子だ、トイレットペーパーだと山積みの棚の列また列である。そこをしずごころなく歩いていくうちに肉とネギとシラタキと豆腐だけを買うつもりだったのが、ついつい視線の止まるままに手がのびて、甘塩ザケの切身、ラッキョの瓶詰、フリカケ、蜜豆の罐詰、とってかえしてホーレン草一束、二列前進してソバのだし汁の瓶詰……若い女の陽炎《かげろう》のようなところにも似た、とらえようのない買物となる。合計すると、ドヒャーッとなる。まとめて買物袋に入れてみると、スキヤキの材料は余分のゴタゴタのなかにかくれて見えなくなってしまう。まるで、細部に念を入れるあまりに主題が稀薄になった小説みたいである。

スーパーへいくということ、そこで買物をするということ、それがどだい生れてはじめての〝初体験〟だったものだから、はじめのうちは張切った。丈夫一式、踏んでも蹴ってもこわれそうにない、車輪の四つついたショッピング・カーを買いこみ、毎度毎度、買ってくるぞと勇ましく家を出たものだった。

そのうちドヒャーッと買いこんだはいいけれど、ついつい食べきれないで残していくうちにキューリにはカビが生え、キャベツは尻からグズグズと色が変って腐りだし、捨てるたびにモッタイナイ、モッタイナイとこころが痛む。戦争中に少年時代を抱かせられた私はどこまでも無駄を見るとこころが痛んでならないのである。これがあまりに度重なるものだから、カーをやめて、ふつうの買物袋を持っていくことにした。網の袋である。

それからもう一つ。ドヒャーッ効果にたいする単純強力な抑止策だが、お金を余分に持っていかないことである。二〇〇〇エンなら二〇〇〇エン、それポッキリ、ポケットにねじこんで出かけ、目的の物だけを買うべく、スーパーに一歩踏みこむや、わき目もふらずにスタスタとその棚へ直進することである。これがなかなかにがい経験を数多く積まないことには実践できないことなのであって、たいてい失敗する。出発にさきだっては二〇〇〇エンをしかとにぎりしめ、今日はトイレットペーパーと甘塩ザケの切身だけだぞ、どんな事物の讃歌にも誘惑されないぞ、わかったナと、三度も四度も思いきめ、買ってくるぞと勇ましく、家を出ていくのである。たまにこれが成功すると、何やら一種、ついぞ四十五歳になるまで味わうことのなかった強い感情をおぼえるようになった。シテヤッタワイということばになる感情である。それがあたたかい湯のようにわいてきて全身にほのぼのとしみていくのだ。

ショッピング・カーは？

猫の砂入れになった。

奇味・魔味

干支《えと》の順番で——というわけではないけれども、ネズミの話あたりから始めてみようか。

ネズミというと、日本人は黴菌《ばいきん》の巣みたいなもので、ペストやらコレラやらの伝染源ぐらいにしか思っていない。が、これはたいへんな認識不足であって、中国や東南アジアではりっぱな食物とされている。それも、救荒食——つまり他に食べるものがないから口にするもの、飢えをしのぐための食糧というのではなくて、むしろご馳走の部類に入るのである。

だから、ネズミを食べさせる料理屋でも、一週間ぐらい前から予約しておかないと、食べさせてはもらえない。市場でも、よほど朝早く出かけていかないと、入手できない。わたしはサイゴンで一度、朝二番に、あたりがまだ真暗なうちに市場へいってみたことがあるが、マスクラット（じゃこうネズミ）ほどもある田ネズミが木箱につめられてチュウチュウ、チュウチュウと鳴いていた。

初めてネズミを食べたのは、ベトナム戦争のさなかでである。従軍記者としてわたしは、アメリカの軍事顧問団といっしょに南ベトナム政府軍に従軍して、あちらこちらベトコン掃討作戦にしたがっていたのだが、政府軍の昼食は、それぞれが自前で調達するという方式であった。将校はＫＰ《キッチン・ポリス》（炊事兵）になにやかやとつくらせて食べるが、兵士たちは思い思いに魚を釣ったり、獣を獲ってきたりして食糧を確保するのである。軍事顧問団やわたしは、ＫＰのつくってくれる昼食を食べていた。

ある日、ジャングルを進行中に昼食時となった。わたしがぶらぶら歩いていると、兵士のひとりが洗面器の中にピンク色がかった白い肉と白菜を入れて、グツグツ煮ているところに出くわした。あたりには芳しい、いかにも食欲をそそるうまそうな匂いがたっている。わたしが眺めていると兵士が振りかえって、「よかったら、いっしょに食べないか」という。

わたしは喜んでご相伴にあずかった。薄い塩味のきいたその肉は、柔くてしかも張りがあり、淡白でありながらとても奥深い味をしていた。

「うまい！」

とわたしは思わず嘆声をもらしたのだが、食べ終わってから兵士のかたわらにふと目をやると、そこには腹から下をちぎられた巨大なネズミの首が転がっていた。

「………⁉」

嘔吐しそうになった。

もちろんわたしは、ある種のネズミが食べられることを知っていたし、大谷光瑞師が名著『食』の中で、その味はウサギなど問題ではなく、カモやウズラに匹敵するくらいのものだと激賞していることも覚えていた。だが、現実に大ネズミを目にして、わたしは動顚《どうてん》した。それから三日、わたしは作戦にしたがいながら、ベトコンの放つ弾丸に当るか地雷にふれて死ぬより、ペストかコレラで悶死《もんし》するのじゃあるまいか——と怯《おび》えていたものである。

作戦が終わって基地へもどると、わたしはまっすぐアメリカ人の軍医のところへ駆けつけて、ヨチヨチ英語で訴えた。

「ワタシ、ねずみタベタ。ビョーキ、コワイヨ。クスリ、チョーダイ」

「熱がでるとか、下痢するとかは……?」

と、軍医が訊く。

「ネッ、ナイ。ゲリモ、シナイ」

わたしが答えると、軍医は笑っていった。

「三日もなにもなかったら、心配することないさ。気になるんだったら、ま、この薬のんどいたらいいよ」

「サンキュウ」

「ここの田ンぼのネズミはうまいんだってね——オレはまだ食べたことないけど……」

「ウン。トテモ、オイシカッタヨ」

ともかく、このとき、わたしは自分の無知を恥じた。ネズミに対して申訳ないことをしたという気持ちにもなった。

それ以後は、東南アジアへ出かけていく折があれば必ず、ネズミ料理を食べることにしている。その肉はあっさりとして食用ガエルやトリ肉に似ているが、カエルのように水っぽくはなく、トリよりは野性味があり、もっとコクがあって精妙である。うまいのは首のうしろ、わき腹、それから四本の足のつけ根の肉。煮てよし、焼いてよし、揚げてよし、炒めてもいい。珍味であり、美味である。奇味であり、魔味でもある。

中国料理には、はつかネズミ入りの五目スープがある。ネズミに限らず齧歯《げっし》類の小動物はすべてそうだが、死ぬと前歯を二本チョコンとむき出し、かわいい敏感そうなピアニストの手を思わせる指をキュッとちぢめる。はつかネズミがそんな姿をして丼の真中に浮いているのだが、腹を裂いてハラワタはぬいてあり、ウミツバメの巣がつめこまれている。それをチリレンゲで突きくずして食べると、たいへん滋味にみちた豪奢な味が口いっぱいに広がってくるのだった。

画家のロートレックは、由緒ある大貴族中の大貴族の家に生まれたが、幼いころ彼を抱いていた女中が誤って床に落とし、その障害で成長がとまって小人のまま一生を送ることになった。

画家としての彼は辛辣な、底冷えのするような、しかし潑剌《はつらつ》たる絵を描いた天才であったが、料理が得意で美味なご馳走をつくっては親しい人たちを集めて食べさせ、みんながうまい、うまいと満足している顔をみてよろこんでいるという、たいへん上品な趣味を愉しみながら短い足でチョコチョコと人生を横切っていった。自分がつくった料理のメニューを、彼は『美味三昧』という本にまとめているほどである。

もともとフランス人というのは、ご先祖さまの墓参りに出かけても、お祈りをしながら右目は厳かにお墓を見つつ、左目では墓石をはっているカタツムリを眺めて、どうして食べたらうまかろうと考えてるくらい食いしん坊の人種だ。そういう人種の中でも飛びきり食いしん坊で料理好きだったロートレックのことだから、おそらくネズミも食べているに違いないと思って『美味三昧』のページを繰ってみたら……やはり、あった。〝雑味〟という項に、脂身をとってからシチューにしたらいいとちゃんと記されていて、流石《さすが》と感心させられた。

もっとも彼が食べたのは、ネズミとはいっても中国や東南アジアのものとは違う。モルモットである。このモルモットは、テンジクネズミという種類をインカのインディオが家畜化したもので、ペルーでは美味の王さまとして珍重されている。飼育するのに栄養豊かな牧草アルファルファをあたえ（この草はビーフイーターのアメリカ人もうまいビーフをつくるために牛に食べさせている）、美味をさらに美味にするのである。

アンデス山中のアレキパという古い町の料理屋で、わたしはモルモットを味わった。店のおかみが、煮るか、焼くか、揚げるかと訊《たず》ね、また一匹か、二分の一か、四分の一かと訊く。一匹まるごとフリッタ（揚げる）にしてよというと、

「シ、セニョール」

そういっておかみは姿を消した。しばらくすると、皮を剝いでハラワタをぬいた丸揚げが、タマネギ、ジャガイモといっしょに登場し、その白くてねっとりした肉を口に入れたら……わたしは感嘆し、ただ
「ムイ、ビエン（すばらしい）！」

と叫ぶだけであった。

いま思い返してみても、モルモットは絶品である。ちょっと特異な匂いがあって、人によっては敬遠したいというかもしれないが、しかしクサヤの干物とか、ゴルゴンゾラのチーズだとか、塩辛だとか、しょっつるだとか、ジョセフィーヌの秘所が好きな人なら、食べて、歓喜して、病みつきになってしまうだろうと思う。

いつかカナダで釣りをしていたら、竿を投げているそばにリスが出てきて遊びまわっていたことがある。その姿を横目でみながら、現地の釣り師が囁いた。

「あれをパイにすると、もう最高……」

それを聞いてわたしは、なるほど、さもあらんと考えたものだ。なにしろリスは、松の実だとかクルミだとか、上等なものばかり食べているのである。うまくないはずがない。ことに秋深いころには、芳しい肉になっているのではなかろうか。

もちろん、リスは保護されている。が、あまりにふえすぎると森林が荒らされるので、すこしは獲ってもよいことになっているらしい。とはいっても、料理屋でつかうほどは獲れないから、あくまで家庭用だそうである。うまいリスのパイがつくれるかどうかが、カナダの主婦の腕のふるいどころというわけなのだ。

残念ながら、わたしはまだ食べたことがない。うまいだろうと想像しつつ、次にカナダへいったら絶対に機会をみつけてやろうという気持ちを固めているのである。

ネズミはうまい。モルモットもけっこうである。それにくわえて、リスのパイがすばらしいということになると、ネズミ属の遠い親戚であるコウモリも案外にいけるのではないか——と、かねてわたしは目をつけている。それも東南アジアの、果物の実をつついて汁をすすって生きているやつ。

果してリスのパイが先か、コウモリが先になるか。これが目下、仕事のあい間に書斎で耽《ふけ》る空想のテーマになっている。

珍味・媚味・天味

ときどきわたしは徒然《つれづれ》なるままに、およそこの世の中でもっともノーブルな味とはどういうものだろうか——と考えてみることがある。

この場合、味というのは味そのものをいっているのであって、料理のことではない。あまい、すっぱい、しおからい、にがい、からい——甘・酸・鹹・苦・辛という味の五要素の他にも美味、珍味、魔味、奇味……とあり、ちょっと形容語を並べてみても、鮮、美、淡、清、厚、深、爽、滑、香、脆、肥、濃、軟、嫩《どん》……と列《つら》ねていくこともできるのだが、わたしにいわせると貴味——つまり、もっともノーブルな味というのは、山菜のあのほろにがい味をいうのではあるまいか、とふと思うことがある。そして、この季節になると、山が恋しくなってくるのだ……。

あの山菜のほろにがさ。あの味を尊ぶのが日本人のほかにどんな民族がいるのかは審《つまびら》かにはしないけれども、フランス料理では、たとえば春先に、タンポポのサラダが出てくることがある。これはほろにがく、上品で、なかなかうまい。ただし、タンポポの旬《しゅん》はごく短いから、季節をはずさないようにしないと、食べる機会にありつけない。

わたしの知っている銀座裏のあるフランス料理屋では、春のごく短い間、タンポポのサラダを出してくれる。それで、いつかわたしが
「いまどきタンポポなんて珍しいじゃないか。どこで採ってくるの？」

と訊いたら、主人は横を向いて
「浜離宮……」

と答えた。

この店では、ヨメナのサラダを出してくれることもあるが、こっちは多摩川べりであるらしい。しかし、ヨメナのサラダというのもうまいものである。

ともかく、タンポポを食べるくらいだから、フランス人にも山菜を食べさせてやったら、おそらく味は理解できるだろうし、今後、春になると山へ登って、採ってくるようになるかもしれない。


山菜の種類は多い。そして、いずれも独特の味がいい。

コゴメ、ミズナ、フキノとう（山のフキ）、タラノメ（木のメ、タラッペとも呼ぶ）――これらは軽く衣をつけて揚げると、絶佳である。

それから、山のウドもいい。イワナを釣りに行ってイワナが釣れないと、崖っぷちを採

してみる。ウドが、ちょっと芽を出している。出すぎているとダメで、ちょっと芽を出しているのをどんどん掘っていってクキをとり出し、これを宿へ持って帰る。これを豆がぶつぶつ入った塩辛い田舎みそにつけて食べ、かつ焼酎を飲みはじめると、無限に飲めそうなほどうまいものである。

そうはいっても、山菜というやつは、やっぱり体を山まで運んでやらないと、本当にうまいものは食べられない。干したのや塩漬けにしたのを——まして都会で——食べても、山菜のほろにがさの本質は味わえないのだ。したがって、山菜は足で食べるのである。舌で食べるのは、それからのことである。そういうことになっている。

ところが、山菜採りというのが、どれほど酷烈なものか——わたしはつぶさに目《ま》のあたりにしたことがあって、それ以来、どこかで無造作に山菜を供されても、その貴味はうれしく賞《め》ではするものの、山に入って摘んでいる人の苦労に思いを馳《は》せないわけにはいかないのだ。

——あれは、もう十五年も前のことだったが、長篇小説を書くつもりでリュックを背負い、わたしは奥只見ダム、通称銀山湖という人造湖畔の〝村杉小屋〟なる宿へ行き、春から秋まですごしたことがある。

奥只見の春は、五月の末から六月の初めころに雪がとけてやっと訪れてくるのだが、そうすると山はコゴミ、ミズナ、ワラビ、ゼンマイ、フキのとう、ナメタケ、ヤマウドなど山菜の季節になる。それで山菜採りが始まる。これが都会に住んでいる人間がピクニックに行って、山菜をちょっと摘んでくるというのとは、まるで様相が違うのだ。

ゼンマイやワラビは、ちょっと湧き水のある沢の急坂にできるのだが、そういうところにさしかけ小屋をまず造って、夫婦でそこへ寝泊りする。だいたい亭主が山を歩いて採ってくる。女房の方は大釜で湯をぐらぐら沸かして、そこへ山菜を放りこみ、ムシロの上にサッとひろげて乾燥させるわけである。それが一週間か十日あるかないかという間のことで、それを里に持って帰って売る。そういえば簡単に聞こえるかもしれないが、重労働も重労働、難行苦行なのだ。わたしなんかがイワナ釣りをしているすぐ傍で働いてるのを見ると、とても見てられないくらい酷《きび》しい仕事なのである。

こういう生活を送るときには、みんな鯨の脂身の塩漬の大きい塊を持って行く。それを天井の棟木からロープでぶらさげ、食事時になると鉄鍋で味噌汁を煮たてた中へ、ロープを引っぱってこの鯨をじゃぶんと落とす。脂がギラギラと輪になって広がっていく。そうすると、ロープを引っぱりあげて鯨を味噌汁から出してやるわけだ。

毎日、三度三度これを繰りかえすと、ゼンマイの短い季節が終わるころにはこの鯨がすっかり小さくなって、石鹸のかけらぐらいになるらしい。〝村杉小屋〟のかあちゃんがわたしにいったことがある。

「先生、これをやらないと、眼が見えなくなっちゃうんだ」

そんな脂のギラギラした味噌汁がうまいわけはないが、そうしないと栄養不足と重労働で眼が見えなくなるのだから、うまいのまずいのといってられないのである。〝村杉小屋〟の生活でも、わたしは焼酎のサカナにマーガリンを出されて驚いたことがあるが、これも理屈としては同じなのだ。それくらい酷しい。

芭蕉の句に

此の山のかなしさ告げよ野老掘《ところ》り

という痛切な名句があるが、これをもじってみると、駄句で字あまりだが、

此の山のかなしさ告げよゼンマイ採り

ということにでもなるだろうか。

さらに、である——山国の生活は重労働の、難行苦行のというだけではすまない。〝村杉小屋〟のかあちゃんはマイタケ採りの名手なのだが、自分の穴場へ行くのに決して真直ぐには向かっていかない。かりに穴場が北にあるとすると、まず東の方へ歩いていく。それから西に向かい、また東へ戻りといったぐあいにジグザグ歩きをしながら、半日がかりで目的の場所に近づいていくのである。

「何でやねん?」

とわたしが訊くと、かあちゃんは

「だれが見てるかわかんねえでねえか」

と答えた。

山国もまた、競争は激しい。生存競争は厳しいのである。マイタケ採りの名手であるかあちゃんが山に入っていった。いったい、どこへ、何しにいくのだろう。山の中の過疎の世界でも人の眼はどこにあるかわからないのだから、かあちゃんとしては慎重たらざるを得ないのである。

陽動作戦をえんえん繰りかえしつつ朝早くに小屋を出て、暮色たれこめるころマイタケを抱えて帰ってくる。それはそれでいいとして、その自分の穴場は旦那にも絶対教えないというので、わたしは呆れかえったものである。聞けば、やはりマイタケ採りの名手だった母親も、死ぬまで穴場を教えてくれなかったそうだ。

「で、かあちゃんもそうするのんか?」

「当たり前だ。死んでも教えてやんねェ」

もちろん、とうちゃんの方もマイタケ採りはやるのだが、こちらは目的地へ一目散という勃起性直情径行だから、他人にすぐ知られてしまう。かあちゃんの守秘主義もゆえないことではないのだった……。

そういう苦労を知っているから、山菜はなおのこと、貴味の上に貴くなるのであろうか

——とも思う。

だから、近ごろ、山登りの連中のマナーがなってなくて、『山菜百科』などという本を手に照らしあわせながら、山をほっつき歩く。そこまではいいとして、見つけた山菜を根こそぎ引っこぬいていく。葉っぱだけ摘めばいい、茎だけ採ればいい、芽だけ摘めばいいのに、根こそぎなのである。

味覚は、文化なんじゃないだろうか……?

幼味・妖味・天味

いよいよ最終章になった。味覚の最後のメニューとして、水の話でもすることにしましょうか――。

一口に水といってもいろいろあるけれども、いちばんうまいのは、これはもう――多くの人体実験と、時間と、古今東西にわたる経験を通過している話である――山の水にとどめをさす。岩清水である。できたばかりの水である。

しかし山の清水といっても。澱《よど》んでいる水はいけない。わたしは釣師で、イワナやヤマメを追いかける山師だから、山の水のことはいくらか知っているつもりである。そのささやかな知識からいえば、動いている水でなければいけない。走っている水でなければいけない。それから、冷たくなければいけない。が、歯にしみこんで味がわからないというほど冷たいと、これまた困る。そこには、おのずからなる適温というものがある。

それで、山の岩ばしる水がなぜうまいかというと、できたての酸素がその中で沸騰しているからである。さらに、岩を削って目にも見えない微妙なミネラルが入っている。さまざまな要素が手伝って、岩清水は岩清水となるわけだ。早い話が、もっとも純粋な水——蒸留水、H_2Oなど甘くもなければすっぱくもなく、照りもなければ艶もない。単に純粋というだけではダメなのであって、なにものか異物がプラスされて初めて、味という不思議が生まれてくるのである。

これまでの半生で、もっとも美味であった水——といえば、記憶に残っていまだに鮮かである。いつか書いたと思うが、もう二十年も前、新潟県の奥只見は銀山湖のほとりで、春から秋まで暮らしていたことがあったが、例によって原稿の方はさっぱり進まず、仕方がないから竿を持ってイワナを釣りに出かけていくことになる。

春先のことだった。山道を歩いていると、片側が谷底へ深く落ちこんでいて、片側が岩壁という場所へさしかかった折、岩壁を森の奥から沢水がしぶきをあげて流れ落ちていた。よく見ると、岩壁の裾のあたりで、小さな虹がふるえながらかかっている。

——虹を飲む。

そんな思いが走って、わたしは両手をさしのべ、水を掬《すく》って口へ運んだ。

「…………!!」

この形容の難しい感激は、たとえば〝甘露〟というような言葉でいえるかもしれない。あのときは特にのどが渇いていた記憶もなかったが、それでも虹のふるえている岩清水の清冽で、引きしまっていて、輝いていて、甘くて、奥行きに富んだ味は見事であった。

それから、わたしはどこの沢の水がうまいかと、一掬いづつ、ハシゴをして歩いた。酒場のハシゴはどれだけやったかわからないほどだが、水のハシゴをしたのは、このシーズンが最初で最後である。毎日、同じ山道を歩いて、同じ沢水を飲んでみる。次々と渡り歩いているうちに、春から夏へと季節が移っていくにしたがって、水の味がどんどん変わっていくのに気がついた。小さな虹は、いつも同じ場所に同じようにふるえながら懸っているのだけれども、水そのものは日ごと、週ごとに変わっていくのである。

やはり、春先の水が一番うまかった。夏になると、味にいささかたるみがくる。腐った木の葉や、泥や、いろいろなものを連想させられるような味がまじりこんでくるようになるのだ。したがって、岩清水がうまいからといって、年中、同じ味というわけではないことを、わたしは奥只見で教えられたのだった。


旅をしていて、新しい国に入って、ホテルの部屋で水道の水をちょっと飲んでみて、その水がうまいと、

「なにかいいことがありそうだ……」

そんな気持がしてくる。

しかし、大陸国、島国、平原、山国——いろいろな国はあるが、飲んだ水道の水がうま

いという国はめったにない。

たとえば、パリ。たとえば、ニューヨーク。たとえば、北京。たとえば、ブエノス・アイレス。ことごとくダメである。お話にならない。

飲める水のことを、ポタブル・ウォーターという。ドリンカブルではなくて、ポタブルである（ついでにいえば、食べられる物のことはエディブルだ）。水道の水は、衛生的にはポタブルであるかもしれないけれども、味覚としてもポタブルだといえる国が非常に少ない。日本は例外的に水道の水がうまい国である——いや、うまい国であったが、工業開発やらなにやら、そしてなりより防腐剤が災いして、いまではひどい水になってしまった。それでも、浄水器をとりつけて濾過してやれば、いっぱしいける水がただ同然で手に入る段階にまだあるのだから、喜んでいいのかもしれないが……。

　香港でも北京でも、水屋というのがあって、水をぐらぐらかまどで煮たてている。そして湯ざましの水を売っているのだが、それくらい水が悪いわけである。かまどのまわりが析出した鉄分やら石灰分やらで、白くなったり赤くなったりしているほどだ。パリでもいつか、水道の水でお湯をわかしてお茶を淹《い》れてみたら、しばらくするうちに茶碗の中にギラギラと鉄分が浮いてきて、ゾッとしたことがある。やかんの中が使っているうちに真ッ白になってくるのだから、恐ろしいくらいのものである。

　水がすばらしい街は、わたし自身が確かめた限りではシアトル、アンカレッジ、それにヴァンクーヴァーだ。これらの街に共通していることは、背景にすぐ山が迫っていることである。ヴァンクーヴァーの水は、神戸の水と並んで、むかしから世界中の船乗りたちに愛されつづけてきたが、神戸の場合も、あの摩耶山系の岩をくぐってきた水だからうまいのである。その岩が花崗岩だと最高だが、とくに花崗岩でなくても構わないという説もある。いずれにしても、岩の中をくぐってこなければ、水は鑑賞に耐えないようだ。

ところが、妙なもので、酒を造るのに使う水は、飲んでうまい水でなければならないわけではない。たとえば、世界の酒どころといわれるブルゴーニュ、その黄金の丘——コート・ドールと呼ばれている細長い地帯があるが、ここは土がガサガサのレンガ質で、見た目にもひどい土地である。ぶどうを作るのにしか適さない。そしてぶどう酒を造るときの水、これがまたガサガサのひどい水なのに、酒になるとまったく生返って、すばらしい美酒になるのだから、自然の妙というべきであろう、水も使い方一つだといった方がいいのか……。

先ほどのポタブルということで思うのだが、じつに不思議なのがアマゾン河の水だ。この河の水は、大量の土砂を上流から押し流してくるためか、お汁粉色ともミルク・コーヒーの色ともつかず黄濁しているのだけれども、これを掬って飲んでみると、じつにうまいのである。はんなりと、奇妙にやさしいうまさがあるのだ。京都の人なら掬って飲んで、

「うん、これが京都独特のはんなりだ」

などと、アマゾンで呟いたりするかもしれない。そんな、妙な甘さがある。これがどこからくるのか、だれに訊いてみてもわからないという。

ところが、この生水を顕微鏡で覗いてみたときには、思わず背筋が寒くなった。言葉を失った。無数の微生物が蠢《うごめ》いていて、それも見るからに凶悪な恰好をしたの、奇妙テキレツなの、トゲ、ツメ、キバ、ハリ、とげとげ、ぎざぎざ――こういうのを全身に鎧ったのが、右へ左へうようよ動いている。

「病菌のソパ（スープ）ですゾ」

驚かされて二度と飲む気が起こらなくなったが、しかしアマゾンの水はうまく、わたしの中で記憶が褪《あ》せない理由の一つもここにあると、自分では思っているくらいである。

さて、ぼそぼそ、とぼとぼ、よろよろ語りつづけてきたが、味覚について最後にいい残したいことがある。古今東西、かつてだれも書いたこともない、語ったことがない味覚がある。しかも、水についての味覚である。それは、お母さんの体内から押し流されて、この甘辛さまざまの人生に出てきたとき、最初にガーゼに含ませられて唇を濡らしてもらった水の味。これがまず、だれにもわかっていない。だれにも語れない。

それともう一つ。バカの限りをやっていよいよ最後のお迎えがきたとき、唇をしめらせてもらう水の味。これまただれも語ってくれない。書いてくれない。語りようもない。書きようもない。つまり、われらの人生は、発端と終末がまったくわかっていないのである。後はこの中間での無数のバカ騒ぎにすぎない。これを覚悟して物を食べ、飲まれるがよろしかろう。ちょっとしたことにすぎないが、ちょっとしたことが違えば大したことが違ってくるのが人生であります。

＊本書は底本として、『開高健全集』（新潮社）、『開高健全ノンフィクション』（文藝春秋）『食後の花束』（日本書籍）、『小説家のメニュー』（中公文庫）を使用し、適宜ルビを付しました。本文中、今日では不適切とされる語句が使用されていますが、作者が故人であること、作品発表時の時代背景、差別的意図がないことなどを考慮し、底本のテキストのままとしました。

＊本書は、『食の王様』（二〇〇六年三月、小社グルメ文庫）を、新装版としてハルキ文庫より刊行するものです。

Haruki Bunko
ハルキ文庫

か 17-2

食《しょく》の王様《おうさま》 (新装版)

著者
開高《かいこう》 健《たけし》

2006年 3月18日第一刷発行
2017年12月18日新装版 第一刷発行

発行者
角川春樹

発行所
株式会社角川春樹事務所
〒102-0074 東京都千代田区九段南2-1-30 イタリア文化会館

電話
03(3263)5247(編集)
03(3263)5881(営業)

印刷・製本
中央精版印刷株式会社

フォーマット・デザイン 芦澤泰偉
表紙イラストレーション 門坂 流

ISBN978-4-7584-4136-0 C0195 ©2017 Kaikôtakeshikinenkai Printed in Japan
http://www.kadokawaharuki.co.jp/ [営業]
fanmail@kadokawaharuki.co.jp [編集] ご意見・ご感想をお寄せください。